TRANZLATY

La Langue est pour tout le Monde

زبان سب کے لیے ہے۔

Les Aventures d'Alice au Pays des Merveilles

ونڈر لینڈ میں ایلس کی مہم جوئی

Lewis Carroll

لوئس کیرول

Français / اردو

Dans le Terrier du Lapin

خرگوش کے سوراخ کے نیچے

Alice commençait à être très fatiguée

ایلس بہت تھکی ہوئی ہونے لگی تھی

Elle était assise à côté de sa sœur sur le talus d'herbe

وہ گھاس کے کنارے اپنی بہن کے پاس بیٹھی تھی

Mais elle n'avait rien à faire

لیکن اس کے پاس کرنے کو کچھ نہیں تھا

Sa sœur lisait un livre

اس کی بہن ایک کتاب پڑھ رہی تھی

une ou deux fois, Alice jeta un coup d'œil dans le livre

ایک یا دو بار ایلس نے کتاب میں جھانک کر دیکھا۔

Mais le livre ne contenait ni images ni conversations

لیکن کتاب میں کوئی تصویر یا گفتگو نہیں تھی۔

« À quoi sert un livre sans images ? » pensa Alice

"تصاویر کے بغیر کتاب کا کیا فائدہ؟" "ایلس نے سوچا؟

« Pourquoi un livre n'aurait-il pas de conversations ? »

"کتاب میں کوئی بات چیت کیوں نہیں ہوتی؟"

Mais elle avait d'autres choses à considérer

لیکن اس کے پاس غور کرنے کے لئے دیگر چیزیں تھیں

« Faire une chaîne de marguerites serait un plaisir »

"ڈیزیز کی زنجیر بنانا ایک خوشی ہوگی "

« Mais cela vaut-il la peine de se lever et de cueillir les marguerites ?? »

"لیکن کیا یہ اٹھنے اور اسٹیج اٹھانے کی کوشش کے لائق ہے ؟ "

Ce n'était pas si facile d'y penser

اس کے بارے میں سوچنا اتنا آسان نہیں تھا

parce que la journée la rendait somnolente et stupide

کیونکہ وہ دن اسے نیند اور بے وقوفی کا احساس دلا رہا تھا

Mais soudain, ses pensées s'interrompirent

لیکن اچانک اس کے خیالات میں خلل پڑ گیا۔

un lapin blanc aux yeux roses courait près d'elle

گلابی آنکھوں والا ایک سفید خرگوش اس کے قریب دوڑ رہا تھا

Il n'y avait rien de trop remarquable chez le lapin

خرگوش کے بارے میں کچھ بھی زیادہ قابل ذکر نہیں تھا

et Alice ne trouvait pas non plus le lapin remarquable

اور ایلس نے خرگوش کو بھی قابل ذکر نہیں سمجھا

elle ne s'étonna pas non plus quand le Lapin parla

اور نہ ہی خرگوش کے بولنے پر اسے حیرت ہوئی

« Oh mon Dieu ! Je serai trop tard ! se dit-il

"ارے بیٹی !مجھے بہت دیر ہو جائے گی !"اس نے اپنے آپ سے کہا

mais alors le Lapin a fait quelque chose que les lapins n'ont
pas fait

لیکن پھر خرگوش نے کچھ ایسا کیا جو خرگوش وں نے نہیں کیا

le Lapin tira une montre de la poche de son gilet

خرگوش نے اپنی کمر کی جیب سے گھڑی نکالی

Il regarda l'heure puis se hâta

اس نے وقت کی طرف دیکھا اور پھر جلدی سے آگے بڑھا۔

Alice se leva, stupéfaite

ایلس حیرت سے اپنے پیروں پر کھڑی ہو گئی

Elle n'avait jamais vu un lapin avec un gilet auparavant !

اس نے پہلے کبھی کمر کوٹ والا خرگوش نہیں دیکھا تھا !

elle n'avait jamais vu non plus de lapin avec une montre !

اور نہ ہی اس نے کبھی کسی خرگوش کو گھڑی کے ساتھ دیکھا تھا !

Alice brûlait d'une nouvelle curiosité

ایلس ایک نئے تجسس سے جل رہی تھی

et elle courut à travers le champ après le Lapin

اور وہ خرگوش کے پیچھے کھیت میں دوڑی

Elle était juste à temps pour voir le lapin disparaître

وہ خرگوش کو غائب ہوتے دیکھنے کے لئے وقت پر تھی

Le lapin sauta dans un grand terrier de lapin

خرگوش خرگوش کے ایک بڑے سوراخ میں گر گیا

Un instant plus tard, Alice s'est mise à courir après le lapin !

ایک اور لمحے میں ، ایلس خرگوش کے پیچھے چلی گئی !

Le terrier du lapin continuait tout droit comme un tunnel

خرگوش کا سوراخ ایک سرنگ کی طرح سیدھا چلا گیا

Et le tunnel a continué à avancer sur une certaine distance

اور سرنگ کچھ فاصلے تک چلتی رہی۔

Et puis le chemin s'est soudainement incliné

اور پھر راستہ اچانک نیچے گر گیا۔

Alice n'eut pas un instant pour songer à s'arrêter

ایلس کے پاس خود کو روکنے کے بارے میں سوچنے کے لئے ایک ایک لمحہ بھی نہیں تھا

Elle s'est retrouvée à tomber et à tomber

اس نے خود کو نیچے اور نیچے گرتے ہوئے پایا

Il semblait qu'elle était tombée dans un puits très profond

ایسا لگ رہا تھا جیسے وہ بہت گہرے کنویں سے نیچے گر گئی ہو۔

Ou le puits était très profond, ou bien elle tombait très lentement

یا تو کنواں بہت گہرا تھا، یا وہ بہت آہستہ آہستہ گر گیا۔

parce qu'elle avait tout le temps de tomber

کیونکہ اس کے پاس گرنے کے لئے کافی وقت تھا

alors qu'elle tombait, elle pouvait regarder tout autour d'elle

جب وہ گر رہی تھی تو وہ اپنے ارد گرد دیکھ سکتی تھی

D'abord, elle a essayé de comprendre où elle allait

سب سے پہلے، اس نے یہ جاننے کی کوشش کی کہ وہ کہاں جا رہی ہے

mais le puits était trop sombre pour voir quoi que ce soit

لیکن کنواں اتنا اندھیرا تھا کہ کچھ بھی نہیں دیکھ سکتا تھا

Puis elle regarda les côtés du puits

پھر اس نے کنویں کے اطراف کو دیکھا

Et elle remarqua qu'il y avait des placards tout autour d'elle

اور اس نے دیکھا کہ اس کے چاروں طرف الماریاں تھیں۔

et tout autour du puits il y avait des étagères de livres

اور کنویں کے چاروں طرف کتابوں کی الماریاں تھیں۔

Çà et là, elle voyait des cartes et des tableaux accrochés à des piquets

یہاں اور وہاں اس نے نقشے اور تصاویر کو خندقوں پر لٹکا ہوا دیکھا۔

En passant, elle prit un bocal sur l'une des étagères

گزرتے ہی اس نے الماریوں میں سے ایک سے ایک جار اتارا۔

Le pot a été étiqueté pour son contenu

جار کو اس کے مواد کی وجہ سے لیبل کیا گیا تھا

« MARMELADE D'ORANGES »

"نارنگی سے بنایا گیا مربہ "

Mais, à sa grande déception, le pot de marmelade était vide

لیکن، اس کی بڑی مایوسی کے لئے، مرمیلڈ جار خالی تھا

Elle ne voulait pas laisser tomber le pot de marmelade vide

وہ خالی مربہ جار کو گرانا نہیں چاہتی تھی

et sa chute fut très lente

اور اس کا زوال بہت سست تھا

Elle a donc réussi à mettre le pot de marmelade dans l'un des placards

لہٰذا وہ مربہ کے برتن کو الماریوں میں سے ایک میں ڈالنے میں کامیاب ہو گئیں۔

Tombée, descendue, tombée !

نیچے، نیچے، نیچے وہ گرتا ہے !

La chute prendrait-elle fin ?

کیا زوال کبھی ختم ہو جائے گا؟

Il n'y avait rien d'autre à faire

کرنے کے لئے کچھ اور نہیں تھا

alors Alice commença bientôt à se parler à elle-même

تو ایلس نے جلد ہی اپنے آپ سے بات کرنا شروع کر دیا

« Je vais beaucoup manquer à Dinah ce soir, je pense ! »

"دینا مجھے آج رات بہت یاد کرے گی، مجھے سوچنا چاہئے"!

Dinah était le chat d'Alice

دینا ایلس کی بلی تھی

« J'espère qu'ils se souviendront de sa soucoupe de lait à l'heure du thé »

"مجھے امید ہے کہ وہ چائے کے وقت اس کے دودھ کی چٹنی کو یاد رکھیں گے"

« Dinah, ma chère, je voudrais que tu sois ici avec moi ! »

"دینا، میرے پیارے، کاش تم یہاں میرے ساتھ ہوتے"!

Alice sentit qu'elle s'assoupissait

ایلس نے محسوس کیا کہ وہ دم توڑ رہی ہے

Et puis soudain, bruit sourd ! bourrade!

اور پھر اچانک، تھپکی !تھپکی !

Elle tomba sur un tas de bâtons

نیچے وہ لاٹھیوں کے ڈھیر پر گر گئی

et elle atterrit sur un tas de feuilles sèches

اور وہ خشک پتوں کے ڈھیر پر اتر گئی۔

et enfin la longue chute dans le trou était terminée

اور آخر کار سوراخ سے نیچے گرنے کا طویل عرصہ ختم ہو گیا۔

Alice n'était pas du tout blessée

ایلس کو ذرا بھی چوٹ نہیں آئی

Et elle se leva d'un bond au bout d'un instant

اور وہ ایک لمحے کے اندر ہی چھلانگ لگا دی

Elle leva les yeux, mais il faisait noir au-dessus de sa tête

اس نے اوپر دیکھا، لیکن اوپر اندھیرا تھا

Devant elle se trouvait un autre long couloir

اس کے سامنے ایک اور لمبی راہداری تھی۔

et le Lapin Blanc était toujours en vue

اور سفید خرگوش ابھی بھی نظر آ رہا تھا

Il se hâtait dans le couloir

وہ تیزی سے کوریڈور کی طرف جا رہا تھا

Il n'y avait pas un instant à perdre

کھونے کے لئے ایک لمحہ بھی نہیں تھا

Alice s'enfuit comme le vent

ایلس کو ہوا کی طرح چلایا گیا

Au coin de la rue, le lapin s'est retourné

کونے کے ارد گرد خرگوش نے پلٹ دیا

Elle était juste à temps pour entendre le lapin

وہ خرگوش کی آواز سننے کے لئے وقت پر تھا

« "Oh, mes oreilles et mes moustaches »

"اوہ، میرے کان اور مونچھیں "

« Comme il est tard ! »

"کتنی دیر ہو رہی ہے "!

Elle était tout près derrière le lapin

وہ خرگوش کے پیچھے تھا

Elle tourna au détour d'un autre coin

وہ ایک اور کونے میں مڑ گئی

mais le Lapin n'était plus visible

لیکن خرگوش اب نظر نہیں آ رہا تھا

Elle se retrouva dans une longue salle basse

اس نے خود کو ایک لمبے، نچلے ہال میں پایا

La salle était éclairée par une rangée de plafonniers

ہال چھت کے چراغوں کی ایک قطار سے روشن تھا

Il y avait des portes tout autour de la salle

هال کے چاروں طرف دروازے تھے

mais toutes les portes étaient fermées à clé

لیکن تمام دروازے بند تھے

Elle marcha tout le long d'un côté de la salle

وہ ہال کے ایک طرف چلتے رہے۔

et elle avait fait tout le chemin de l'autre côté de la salle

اور وہ ہال کے دوسری طرف تک چل پڑی تھی۔

Elle avait essayé toutes les portes

اس نے ہر دروازہ آزمایا تھا

et elle marchait tristement au milieu de la salle

اور وہ اداس ہو کر ہال کے وسط میں چلی گئی۔

« Comment vais-je jamais en sortir ? »

"میں دوبارہ کیسے باہر جاؤں گا؟ "

Tout à coup, elle tomba sur une petite table

اچانک وہ ایک چھوٹی سی میز پر آ گئی

La table était entièrement en verre massif

میز مکمل طور پر ٹھوس شیشے سے بنی تھی

Il n'y avait rien sur la table à part une petite clé dorée

میز پر ایک چھوٹی سی سنہری چابی کے سوا کچھ نہیں تھا

La clé pourrait appartenir à l'une des portes !

چابی دروازوں میں سے کسی ایک سے متعلق ہوسکتی ہے !

Mais, hélas ! Certaines serrures étaient trop grandes pour les clés

لیکن، افسوس !کچھ تالے چابیوں کے لئے بہت بڑے تھے

et pour les autres serrures, la clé était trop petite

اور دوسرے تالے کے لئے چابی بہت چھوٹی تھی۔

mais, en tout cas, la clef n'ouvrit aucune des portes

لیکن، کسی بھی قیمت پر، چابی نے کوئی دروازہ نہیں کھولا

Mais que devait-elle faire ?

لیکن اسے کیا کرنا تھا؟

Elle traversa de nouveau le couloir

وہ ایک بار پھر ہال سے گزری

et cette fois, elle remarqua un rideau bas

اور اس بار اس نے ایک نچلے پردے کو دیکھا

Derrière le rideau se trouvait une petite porte

پردے کے پیچھے ایک چھوٹا سا دروازہ تھا

La porte avait une quinzaine de pouces de haut

دروازہ تقریبا پندرہ انچ اونچا تھا

Elle essaya la petite clé dorée dans la serrure

اس نے تالے میں چھوٹی سی سنہری چابی آزمائی

Et à sa grande joie, la clé s'est glissée dans la serrure !

اور اس کی بڑی خوشی کے لئے، چابی تالے میں فٹ ہے !

Alice ouvrit la porte

ایلس نے دروازہ کھولا

et elle trouva la porte qui donnait sur un petit couloir

اور اس نے دیکھا کہ دروازہ ایک چھوٹی سی راہداری کی طرف جاتا ہے۔

Le couloir n'était pas beaucoup plus grand qu'un trou à rats

راہداری چوہے کے سوراخ سے زیادہ بڑی نہیں تھی

Elle s'agenouilla et regarda le long du couloir

وہ گھٹنے ٹیک کر کوریڈور کی طرف دیکھنے لگی۔

et elle a vu le plus beau jardin que vous ayez jamais vu

اور اس نے سب سے پیارا باغ دیکھا جو تم نے کبھی دیکھا ہے

comme elle avait envie de sortir de cette salle sombre

وہ کس طرح اس تاریک ہال سے باہر نکلنے کی خواہش مند تھی

comme elle voulait se promener parmi ces fleurs lumineuses

وہ ان روشن پھولوں کے درمیان کیسے گھومنا چاہتی تھی

Comme ces fontaines avaient l'air cool et rafraîchissantes

وہ چشمے کتنے ٹھنڈے لگ رہے تھے

Mais elle ne pouvait même pas passer la tête par la porte

لیکن وہ دروازے سے اپنا سر بھی نہیں نکال سکی۔

— Oh ! dit Alice d'un ton lugubre

"اوہ، "ایلس نے ماتم کرتے ہوئے کہا۔

comme je voudrais pouvoir me plier comme un télescope !

!" کاش میں دوربین کی طرح جوڑ سکتا"

« Je pense que je pourrais me plier comme un télescope »

"مجھے لگتا ہے کہ میں ایک دوربین کی طرح جوڑ سکتا ہوں "

« Si seulement je savais par où commencer »

"کاش میں جانتا ہوتا کہ کیسے شروع کرنا ہے "

Alice retourna à la table

ایلس واپس میز پر چلی گئی

Il y avait la chance de trouver une autre clé

ایک اور کلید تلاش کرنے کا موقع تھا

Ou il pourrait y avoir un livre de règles

یا قواعد کی ایک کتاب ہو سکتی ہے

Le livre pourrait lui apprendre à se plier comme un télescope

کتاب اسے بتا سکتی ہے کہ ٹیلی سکوپ کی طرح کیسے جوڑنا ہے

Cette fois, elle trouva une petite bouteille

اس بار اسے ایک چھوٹی سی بوتل ملی

« cette bouteille n'était certainement pas là auparavant, » dit Alice

"یہ بوتل یقینی طور پر پہلے یہاں نہیں تھی، "ایلس نے کہا .

et autour du goulot de la bouteille était attachée une étiquette en papier

اور بوتل کی گردن میں ایک کاغذی لیبل باندھا ہوا تھا۔

L'étiquette était magnifiquement imprimée en grandes lettres

لیبل خوبصورتی سے بڑے حروف میں پرنٹ کیا گیا تھا

« BOIS-MOI »

"مجھے پیو "

« Non, je vais regarder d'abord », a-t-elle dit

"نہیں، میں پہلے دیکھوں گی۔ "اس نے کہا۔

« Je vais voir si la bouteille est marquée comme toxique ou non, »

"میں دیکھوں گا کہ بوتل کو زہریلا قرار دیا گیا ہے یا نہیں۔ "

Parce qu'elle n'a jamais oublié la leçon sur le poison

کیونکہ وہ زہر کے بارے میں سبق کبھی نہیں بھولی

« Si une bouteille est étiquetée comme toxique, elle est forcément en désaccord avec vous »

"اگر کسی بوتل کو زہریلا قرار دیا جائے تو یہ آپ سے متفق نہیں ہے "

Cependant, cette bouteille n'a pas été marquée comme toxique

تاہم اس بوتل کو زہریلے کے طور پر نشان زد نہیں کیا گیا تھا۔

alors Alice se hasarda à goûter le contenu de la bouteille

لہذا ایلس نے بوتل کے مواد کا ذائقہ چکھنے کی کوشش کی

Elle trouva le liquide tout à fait à son goût

اس نے مائع کو اپنی پسند کے مطابق پایا

La boisson avait une sorte de saveur mélangée

مشروب میں ایک قسم کا ملا جلا ذائقہ تھا

tarte aux cerises, crème pâtissière et ananas

چیری-ٹارٹ، کسٹرڈ، اور اناناس

Rôtir la dinde, le caramel et le pain grillé au beurre chaud

ترکی، ٹافی اور ٹوسٹ کو گرم مکھن کے ساتھ بھونیں

et elle finit bientôt la bouteille

اور اس نے جلد ہی بوتل ختم کر دی

« Quelle curieuse sensation ! » dit Alice

"کیا عجیب احساس ہے "!ایلس نے کہا۔

« Je me plie comme un télescope ! »

"میں ایک دوربین کی طرح فولڈ ہو رہا ہوں "!

Et elle se repliait comme un télescope !

اور وہ واقعی ایک دوربین کی طرح فولڈ ہو رہی تھی !

Elle n'avait plus que dix pouces de haut

اب وہ صرف دس انچ اونچی تھی

et son visage s'éclaira à ses pensées

اور اس کے خیالات سے اس کا چہرہ چمک اٹھا۔

Maintenant, elle était de la bonne taille pour la petite porte

اب وہ چھوٹے سے دروازے کے لئے صحیح سائز تھا

Maintenant, elle pouvait aller dans ce joli jardin

اب وہ اس خوبصورت باغ میں جا سکتی تھی

Bientôt, elle a cessé de devenir plus petite

جلد ہی اس نے چھوٹا ہونا بند کر دیا

Elle décida d'aller tout de suite dans le jardin

اس نے فوری طور پر باغ میں جانے کا فیصلہ کیا

mais, hélas pour la pauvre Alice !

لیکن، بے چارے ایلس کے لئے افسوس !

Elle arriva à la porte

وہ دروازے تک پہنچی

Mais elle avait oublié la petite clé d'or

لیکن وہ چھوٹی سی سنہری چابی بھول گئی تھی

Elle retourna à la table pour prendre la clé

وہ چابی کے لئے میز پر واپس چلی گئی

Mais elle s'aperçut qu'elle ne pouvait pas atteindre assez haut

لیکن اس نے پایا کہ وہ کافی بلندی تک نہیں پہنچ سکتی

Elle pouvait voir la clé très distinctement à travers la vitre

وہ شیشے کے ذریعے چابی کو بالکل واضح طور پر دیکھ سکتی تھی

Elle essaya de grimper sur les pieds de la table

اس نے میز کی ٹانگوں پر چڑھنے کی کوشش کی

Mais le verre était beaucoup trop glissant

لیکن گلاس بہت پھسلن والا تھا

Finalement, elle s'est fatiguée à essayer

آخر کار وہ کوشش کرنے سے تھک گئی

et la pauvre petite fille s'assit et pleura

اور بیچاری چھوٹی سی لڑکی بیٹھ کر رونے لگی۔

Alice se parlait à elle-même assez vivement

ایلس نے اپنے آپ سے زیادہ شدت سے بات کی

« Allons, ça ne sert à rien de pleurer comme ça ! »

"آؤ، اس طرح رونے کا کوئی فائدہ نہیں "!

« Je vous conseille d'arrêter tout de suite ! »

"میں تمہیں مشورہ دیتا ہوں کہ اس لمحے رک جاؤ "!

Elle se donnait généralement de très bons conseils

وہ عام طور پر اپنے آپ کو بہت اچھا مشورہ دیتی تھی۔

bien qu'elle suivît très rarement ses propres conseils

اگرچہ وہ شاذ و نادر ہی اپنے مشورے پر عمل کرتی تھی۔

Et elle était parfois trop dure envers elle-même

اور وہ کبھی کبھی اپنے آپ پر بہت سخت تھی

et ses paroles lui firent monter les larmes aux yeux

اور اس کے الفاظ اس کی آنکھوں میں آنسو لے آئے۔

Bientôt, son regard tomba sur une petite boîte en verre

جلد ہی اس کی نظر شیشے کے ایک چھوٹے سے ڈبے پر پڑی۔

La petite boîte de verre était posée sous la table

شیشے کا چھوٹا سا ڈبہ میز کے نیچے پڑا تھا

Dans la boîte en verre se trouvait un tout petit gâteau

شیشے کے ڈبے میں ایک بہت چھوٹا سا کیک تھا

Sur le gâteau, quelques mots étaient magnifiquement écrits

کیک پر کچھ الفاظ خوبصورتی سے لکھے گئے تھے

les mots avaient été marqués dans des groseilles

الفاظ کو کرنٹ میں نشان زد کیا گیا تھا

« MANGE-MOI »

" مجھے کھاؤ "

« Eh bien, je vais manger le gâteau », dit Alice

"ٹھیک ہے، میں کیک کھا لوں گی۔ "ایلس نے کہا۔

« et si le gâteau me fait grossir, je peux atteindre la clé »

"اور اگر کیک مجھے بڑا بناتا ہے، تو میں چابی تک پہنچ سکتا ہوں "

« et si le gâteau me fait rapetisser, je peux me glisser sous la porte »

"اور اگر کیک مجھے چھوٹا کر دیتا ہے، تو میں دروازے کے نیچے رینگ سکتا ہوں۔

« Donc, de toute façon, j'irai dans le jardin »

"تو کسی بھی طرح میں باغ میں داخل ہو جاؤں گا "

« Et peu m'importe lequel des deux arrive ! »

"اور مجھے پرواہ نہیں ہے کہ ان دونوں میں سے کیا ہوتا ہے "!

Elle a mangé un peu du gâteau

اس نے کیک کا تھوڑا سا حصہ کھایا

et elle se parla anxieusement à elle-même :

اور اس نے بے چینی سے اپنے آپ سے کہا :

« Dans quel sens ? Dans quel sens ?

"کس راستے سے ؟ کس راستے سے ؟"

et elle posa la main sur sa tête

اور اس نے اپنا ہاتھ اپنے سر پر رکھا

Elle voulait sentir de quelle façon elle grandissait

وہ محسوس کرنا چاہتی تھی کہ وہ کس طرف بڑھ رہی ہے

Elle fut très surprise de découvrir ce qui s'était passé

وہ یہ جان کر بہت حیران ہوئی کہ کیا ہوا تھا

Elle était restée de la même taille !

وہ ایک ہی سائز کی تھی !

Cette fois, elle redoubla donc d'efforts

لہٰذا اس بار اس نے اپنی کوششوں کو دوگنا کر دیا۔

Et bientôt, elle termina tout le gâteau

اور جلد ہی اس نے پورا کیک ختم کر دیا

La mare de larmes

آنسوؤں کا تالاب

« Cela devient de plus en plus intéressant ! » s'écria Alice

"یہ زیادہ سے زیادہ دلچسپ ہوتا جا رہا ہے !"ایلس نے چیخ کر کہا۔

Vous pouvez voir qu'elle était très surprise

آپ دیکھ سکتے ہیں کہ وہ بہت حیران تھا

« Je m'ouvre comme le plus grand télescope qui ait jamais existé ! »

"میں اب تک کی سب سے بڑی دوربین کی طرح کھول رہا ہوں"!

« Au revoir, les pieds ! Oh, mes pauvres petits pieds"

"الوداع، پاؤں !اوہ، میرے غریب چھوٹے پاؤں"

« Je me demande qui va vous mettre vos chaussures maintenant, mes chères ? »

"میں حیران ہوں کہ اب تمہارے لیے تمہارے جوتے کون پہنے گا، عزیزو؟"

et je me demande qui mettra vos bas ?

"اور میں حیران ہوں کہ آپ کا سامان کون رکھے گا؟"

« Je serai beaucoup trop loin »

"میں بہت دور ہو جاؤں گا"

« Je ne pourrai plus me soucier de toi »

"میں اب آپ کے بارے میں اپنے آپ کو پریشان نہیں کر سکوں گا"

Juste à ce moment, sa tête heurta quelque chose

بس اسی لمحے اس کا سر کسی چیز سے ٹکرا گیا۔

Elle avait atteint le toit de la salle

وہ ہال کی چھت پر پہنچ چکی تھی

En fait, elle mesurait maintenant plus de deux mètres

درحقیقت، وہ اب دو میٹر سے زیادہ لمبا تھا

et elle prit aussitôt la petite clef d'or

اور اس نے فوری طور پر چھوٹی سی سنہری چابی اٹھا لی

et elle se précipita vers la porte du jardin

اور وہ جلدی سے باغ کے دروازے کی طرف چلی گئی۔

Pauvre Alice ! Il n'y avait pas grand-chose qu'elle pouvait faire

بیچارہ ایلس !اوہ زیادہ کچھ نہیں کر سکتی تھی

Elle s'allongea sur le côté

وہ ایک طرف لیٹ گیا

et elle regarda d'un œil dans le jardin

اور اس نے ایک آنکھ سے باغ میں دیکھا

Mais s'en sortir était plus désespéré que jamais

لیکن اس سے گزرنا پہلے سے کہیں زیادہ مایوس کن تھا۔

Elle s'est assise et a recommencé à pleurer

وہ بیٹھ گئی اور دوبارہ رونے لگی

Elle a continué à verser des litres de larmes

وہ گیلن آنسو بہاتی رہی۔

Bientôt, il y eut une grande flaque tout autour d'elle

جلد ہی اس کے چاروں طرف ایک بڑا تالاب بن گیا۔

et l'eau atteignait la moitié du couloir

اور پانی ہال سے آدھے راستے تک پہنچ گیا۔

Au bout d'un moment, elle entendit un petit claquement de pieds

تھوڑی دیر کے بعد، اس نے پیروں کی ہلکی سی دھڑکن سنی۔

Elle entendit les pas venir de loin

اس نے دور سے پاؤں کی آواز سنی

et elle s'essuya vivement les yeux pour voir ce qui allait arriver

اور اس نے جلدی سے اپنی آنکھیں خشک کیں تاکہ دیکھ سکیں کہ کیا ہو رہا ہے

C'était le retour du Lapin Blanc

یہ سفید خرگوش واپس آ رہا تھا

Il était magnifiquement vêtu

اس نے شاندار لباس پہنا ہوا تھا

Il avait une paire de gants blancs dans une main

اس کے ایک ہاتھ میں سفید دستانے تھے۔

et il avait un grand éventail de plumes dans l'autre main

اور اس کے دوسرے ہاتھ میں پنکھ کا ایک بڑا پنکھا تھا۔

Il arriva en trottinant en toute hâte

وہ بڑی جلدی میں ساتھ آیا۔

et il murmura en lui-même : « Oh ! la duchesse, la duchesse !

اور اس نے اپنے آپ سے کہا،" اوہ !ڈچز، ڈچز"!

« Ah ! ne serait-elle pas sauvage si je l'ai fait attendre !

"اوہ !اگر میں نے اسے انتظار میں رکھا ہوتا تو وہ وحشی نہیں ہوتی!

Quand le Lapin s'approcha d'elle, Alice prit la parole

جب خرگوش اس کے قریب آیا تو ایلس بولی

Mais elle parlait d'une voix basse et timide

لیکن وہ دھیمی، ڈرپوک آواز میں بولی

« Monsieur, s'il vous plaît, arrêtez ce que vous faites un instant »

"جناب، آپ جو کچھ کر رہے ہیں اسے ایک لمحے کے لیے روک دیں"

Le Lapin sursauta violemment

خرگوش زور زور سے چونک گیا

Il laissa tomber les gants blancs et l'éventail de plumes

اس نے سفید دستانے اور پنکھ کا پنکھا گرا دیا

et il s'enfuit dans les ténèbres aussi vite qu'il le put

اور وہ جتنی جلدی ہو سکے اندھیرے میں چلا گیا۔

Alice ramassa l'éventail en plumes et les gants

ایلس نے پنکھ کا پنکھا اور دستانے اٹھائے

Et elle n'arrêtait pas de s'éventer tout en parlant

اور وہ بات کرتے ہوئے اپنے آپ کو ہوا دیتی رہی

« Cher, cher ! Comme tout est étrange aujourd'hui !

"پیارے، عزیز !آج سب کچھ کتنا عجیب ہے "!

« Hier, les choses se sont passées comme d'habitude »

"کل سب کچھ معمول کے مطابق چلتا رہا"

« Étais-je le même quand je me suis levé ce matin ? »

"آج صبح جب میں اٹھا تو کیا میں بھی ویسا ہی تھا؟"

« Mais si je ne suis pas le même, il y a une autre question »

"لیکن اگر میں وہی نہیں ہوں، تو ایک اور سوال ہے"

« Qui suis-je ? »

"میں دنیا میں کون ہوں؟"

« Ah, c'est le grand casse-tête ! »

"اوہ، یہ سب سے بڑی پہیلی ہے"!

En disant cela, elle baissa les yeux sur ses mains

یہ کہتے ہوئے اس نے اپنے ہاتھوں کو نیچے دیکھا۔

Elle portait l'un des petits gants blancs du lapin

اس نے خرگوشوں میں سے ایک چھوٹے سفید دستانے پہنے ہوئے تھے

Elle n'avait pas remarqué qu'elle avait mis le gant en parlant

اس نے بات کرتے ہوئے دستانے پہنے ہوئے نہیں دیکھا تھا

« Comment ai-je pu faire cela ? » a-t-elle pensé

"میں ایسا کیسے کر سکتی ہوں؟ "اس نے سوچا۔

« Je dois redevenir petit »

"میں ایک بار پھر چھوٹا ہو جاؤں گا"

Elle se leva et s'approcha de la table pour mesurer sa taille

وہ اٹھی اور اپنے قد کی پیمائش کرنے کے لئے میز پر چلی گئی۔

Elle a découvert qu'elle mesurait maintenant environ un demi-mètre

اسے پتہ چلا کہ اب وہ تقریبا آدھا میٹر لمبی ہے

et elle rétrécissait encore rapidement

اور وہ اب بھی تیزی سے سکڑ رہی تھی

Elle découvrit rapidement quelle était la cause de ce rétrécissement

اسے جلد ہی پتہ چل گیا کہ سکڑنے کی وجہ کیا تھی۔

L'éventail de plumes la rendait encore plus petite !

پنکھ کا پنکھا اسے ایک بار پھر چھوٹا بنا رہا تھا!

et elle laissa tomber l'éventail de plumes à la hâte

اور اس نے جلد بازی میں پنکھ کا پنکھا گرا دیا

Elle laissa tomber l'éventail de plumes juste à temps pour se sauver

اس نے خود کو بچانے کے لئے پنکھ کا پنکھا وقت پر گرا دیا

Si elle s'était éventée plus longtemps, elle se serait complètement retirée

اگر اس نے اپنے آپ کو مزید آگے بڑھایا ہوتا تو وہ مکمل طور پر سکڑ جاتی۔

« C'était une échappatoire de justesse ! » dit Alice

"یہ ایک تنگ فرار تھا"!ایلس نے کہا۔

et elle fut bien effrayée de ce changement soudain

اور وہ اس اچانک تبدیلی سے بہت خوفزدہ تھی

mais elle était très heureuse de se trouver encore en existence

لیکن وہ خود کو اب بھی وجود میں پا کر بہت خوش تھی۔

« Et maintenant, en route pour le jardin ! »

"اور اب، باغ کی طرف چلو"!

Et elle courut à toute vitesse vers la petite porte

اور وہ پوری رفتار کے ساتھ چھوٹے سے دروازے کی طرف بھاگی۔

Mais, hélas ! La petite porte fut refermée

لیکن، افسوس !چھوٹا سا دروازہ دوبارہ بند ہو گیا

et la petite clé d'or était de nouveau posée sur la table de verre

اور چھوٹی سی سنہری چابی دوبارہ شیشے کی میز پر پڑی تھی۔

« Les choses sont pires que jamais », pensa le pauvre enfant

"حالات پہلے سے بھی بدتر ہیں، "بیچارے بچے نے سوچا۔

« Je n'ai jamais été aussi petit que ça auparavant, jamais ! »

"میں پہلے کبھی اتنا چھوٹا نہیں تھا، کبھی نہیں"!

En prononçant ces mots, son pied glissa

جیسے ہی اس نے یہ الفاظ کہے، اس کا پاؤں پھسل گیا

et un instant plus tard, il y eut une grande éclaboussure !

اور ایک اور لمحے میں ایک زبردست دھوم مچ گئی!

Elle était dans l'eau salée jusqu'au menton

وہ نمک کے پانی میں اپنی ٹھوڑی تک تھی

Sa première idée fut qu'elle était tombée d'une manière ou d'une autre dans la mer

اس کا پہلا خیال یہ تھا کہ وہ کسی طرح سمندر میں گر گئی ہے

Cependant, elle s'est vite rendu compte dans quoi elle se trouvait

تاہم، اسے جلد ہی احساس ہو گیا کہ وہ کس حالت میں ہے

Elle était dans une mare de larmes

وہ آنسوؤں کے تالاب میں تھی

les larmes qu'elle avait versées quand elle avait deux mètres de haut

وہ آنسو جو وہ اس وقت روئے تھے جب وہ دو میٹر لمبی تھیں

Juste à ce moment-là, elle entendit quelque chose

تبھی اس نے کچھ سنا

Quelque chose barbotait dans la mare

تالاب میں کچھ چھڑک رہا تھا

Les éclaboussures venaient d'un peu de loin

چھڑکاؤ تھوڑا دور سے آیا تھا

et elle nagea plus près pour voir ce que c'était que les éclaboussures

اور وہ تیر کر یہ دیکھنے کے لیے قریب آئی کہ چھڑکاؤ کیا ہے

Elle vit bientôt que ce n'était qu'une petite souris

اس نے جلد ہی دیکھا کہ یہ صرف ایک چھوٹا سا چوہا تھا

La petite souris s'était également glissée dans l'eau

چھوٹا چوہا بھی پانی میں پھسل گیا تھا

Alice réfléchit à la situation

ایلس نے اپنے آپ کو صورتحال کے بارے میں سوچا

« Serait-il utile de parler à cette souris ? »

"کیا اس ماؤس سے بات کرنے کا کوئی فائدہ ہوگا؟"

« Tout est tellement à l'envers ici »

"یہاں سب کچھ بہت اوپر کی طرف ہے"

« Je pense que c'est très probable que cette souris peut parler »

"مجھے لگتا ہے کہ یہ چوہا بات کر سکتا ہے"

« En tout cas, il n'y a pas de mal à essayer »

"کسی بھی قیمت پر، کوشش کرنے میں کوئی نقصان نہیں ہے"

Alors elle a commencé à essayer de parler à la souris

تو اس نے چوہے سے بات کرنے کی کوشش شروع کردی

« Oh Souris, sais-tu comment sortir de cette mare ? »

"اوہ ماؤس، کیا تم اس تالاب سے باہر نکلنے کا راستہ جانتے ہو؟"

« Je suis bien fatigué de nager ici, ô souris ! »

"میں یہاں تیرکر بہت تھک گیا ہوں، اوہ ماؤس"!

La souris la regarda d'un air assez inquisiteur

چوہے نے تجسس سے اس کی طرف دیکھا

La souris semblait cligner de l'œil avec l'un de ses petits yeux

چوہا اپنی ایک چھوٹی سی آنکھ سے آنکھیں ماررہا تھا

Mais la petite souris ne dit rien

لیکن چھوٹے چوہے نے کچھ نہیں کہا

« Peut-être la souris ne comprend-elle pas l'anglais », pensa Alice

"شاید چوہے کو انگریزی سمجھ نہیں آتی، "ایلس نے سوچا۔

« J'ose dis-le que c'est une souris française »

"میں یہ کہنے کی ہمت کرتا ہوں کہ یہ ایک فرانسیسی چوہا ہے"

« peut-être que cette souris est venue avec Guillaume le Conquérant »

"شاید یہ چوہا ولیم فاتح کے ساتھ آیا تھا"

Alors elle a recommencé, en français

تو اس نے فرانسیسی میں دوبارہ شروع کیا

« Où est mon chat ? » a-t-elle demandé en français

"میری بلی کہاں ہے؟ "اس نے فرانسیسی میں پوچھا۔

c'était la première phrase de son livre de leçons de français

یہ ان کی فرانسیسی سبق کی کتاب کا پہلا جملہ تھا۔

La souris fit un saut soudain hors de l'eau

ماؤس نے پانی سے اچانک چھلانگ لگائی

et la souris semblait frémir de frayeur

اور چوہا ہر طرف خوف سے کانپ رہا تھا

— Oh ! je vous demande pardon ! s'écria vivement Alice

"اوہ، میں آپ سے معافی مانگتی ہوں"!ایلس نے جلدی سے پکارا۔

Elle craignait d'avoir blessé les sentiments du pauvre animal

اسے ڈر تھا کہ اس نے بیچارے جانور کے جذبات کو ٹھیس پہنچائی ہے

« J'oubliais que tu n'aimais pas les chats »

"میں بالکل بھول گیا کہ آپ بلیوں کو پسند نہیں کرتے"

« Je n'aime pas les chats ! » cria la Souris d'une voix aiguë et passionnée

"مجھے بلیاں پسند نہیں ہیں !ماؤس نے ایک تیز، پرجوش آواز میں پکارا۔

« Voudrais-tu des chats, si tu étais moi ? »

"اگر تم میں ہوتے تو کیا تم بلیاں پسند کرتے؟"

Alice réconforta la souris d'un ton apaisant

ایلس نے چوہے کو آرام دہ لہجے میں تسلی دی

« Eh bien, peut-être que je n'aimerais pas non plus les chats si j'étais vous »

"ٹھیک ہے، اگر میں آپ بھی ہوتے تو شاید میں بلیوں کو پسند نہیں کرتا"

« S'il vous plaît, ne soyez pas en colère à propos de la mention des chats »

"براہ مہربانی بلیوں کے ذکر پر غصہ نہ کریں"

« Et pourtant, j'aimerais pouvoir te montrer notre chat Dinah »

"اور پھر بھی کاش میں تمہیں اپنی بلی دینا دکھا سکتا۔"

« Si vous la rencontriez, je pense que vous prendriez goût aux chats »

"اگر آپ اس سے ملے تو مجھے لگتا ہے کہ آپ بلیوں کو پسند کریں گے"

« Si seulement vous pouviez la voir »

"کاش تم اسے دیکھ سکتے"

« Elle est une chose si chère et si calme »

"وہ بہت پیاری، خاموش چیز ہے"

La souris tremblait de partout

چوہا چاروں طرف کانپ رہا تھا

Alice était certaine que la souris devait être vraiment offensée

ایلس کو یقین تھا کہ ماؤس واقعی ناراض ہوگا

« On ne parlera plus d'elle, si tu préfères ne pas le faire »

"ہم اس کے بارے میں مزید بات نہیں کریں گے، اگر آپ ایسا نہیں کرنا چاہیں گے"

« Nous, en effet ! » s'écria la Souris

"ہم واقعی "!چوہے نے چیخ کر کہا۔

La souris tremblait jusqu'au bout de sa queue

چوہا اپنی دم کے آخر تک کانپ رہا تھا

« Comme si je voulais parler d'un tel sujet ! »

"جیسے میں ایسے موضوع پر بات کروں"!

« Notre famille a toujours détesté les chats »

"ہمارا خاندان ہمیشہ بلیوں سے نفرت کرتا ہے"

"Les chats ; des choses méchantes, basses, vulgaires !

"بلیاں۔ گندی، گھٹیا، فحش چیزیں"!

« Ne me laissez plus entendre le nom ! »

"مجھے دوبارہ نام نہ سننے دو"!

— Je ne parlerai plus des chats, en effet, dit Alice

"میں دوبارہ بلیوں کا ذکر نہیں کروں گی "!ایلس نے کہا۔

Elle était très pressée de changer de sujet

وہ موضوع کو تبدیل کرنے کے لئے بہت جلدی میں تھا

"Êtes-vous... Aimez-vous les chiens ?

"کیا تم ہو ...کیا تمہیں کتوں سے محبت ہے؟"

« Il y a un petit chien si gentil près de notre maison, »

"ہمارے گھر کے قریب اتنا اچھا چھوٹا کتا ہے۔"

« Je voudrais te montrer le petit chien ! »

"میں تمہیں چھوٹا کتا دکھانا چاہتا ہوں"!

"Ce petit chien tue tous les rats et...

"یہ چھوٹا سا کتا تمام چوہوں کو مارتا ہے اور..."

« Oh ! mon Dieu ! » s'écria Alice d'un ton triste

"اوہ پیارے"!ایلس نے غمگین لہجے میں پکارا۔

« J'ai peur de t'avoir encore offensé ! »

"مجھے ڈر ہے کہ میں نے آپ کو ایک بار پھر ناراض کر دیا ہے"!

La souris nageait loin d'elle aussi vite qu'elle le pouvait

چوہا جتنی تیزی سے جا سکتا تھا اس سے دور تیر رہا تھا

et la souris fit tout un vacarme dans la mare

اور چوہے نے تالاب میں کافی ہنگامہ برپا کر دیا

Alors elle appela doucement la souris

تو اس نے آہستہ سے چوہے کے پیچھے پکارا۔

« Ma chère souris, s'il vous plaît, revenez ! »

"میرے پیارے چوہے، براہ مہربانی واپس آؤ"!

« Et nous ne parlerons pas des chats »

"اور ہم بلیوں کے بارے میں بات نہیں کریں گے"

« Et nous n'avons pas non plus besoin de parler des chiens »

"اور ہمیں کتوں کے بارے میں بھی بات کرنے کی ضرورت نہیں ہے"

Quand la souris entendit cela, elle se retourna

جب ماؤس نے یہ سنا، تو وہ پیچھے مڑ گیا

et la petite souris nagea lentement vers elle

اور ننھا چوہا آہستہ آہستہ تیر کر اس کے پاس واپس آ گیا۔

Le visage de la souris était assez pâle

چوہے کا چہرہ کافی پیلا تھا

et la souris parla d'une voix basse et tremblante

اور چوہا دھیمی، کانپتی ہوئی آواز میں بولا

« Allons à la rive »

"چلو ہم ساحل پر آتے ہیں"

« et ensuite je vous raconterai mon histoire »

"پھر میں تمہیں اپنی تاریخ بتاؤں گا۔"

« et vous comprendrez pourquoi c'est moi qui déteste les chats et les chiens »

"اور آپ سمجھ جائیں گے کہ مجھے بلیوں اور کتوں سے نفرت کیوں ہے"

Il était grand temps de partir

جانے کا یہ بہترین وقت بن گیا تھا

parce que la piscine devenait assez bondée

کیونکہ تالاب میں کافی بھیڑ لگ رہی تھی

D'autres oiseaux et animaux étaient tombés dans la mare

دوسرے پرندے اور جانور تالاب میں گر گئے تھے

il y avait un Canard et un Dodo

وہاں ایک بطخ اور ایک ڈوڈو تھا

et il y avait un oiseau Lory et un aiglon

اور وہاں ایک لوری پرندہ اور ایک ایگلٹ تھا۔

et il y avait plusieurs autres créatures intéressantes

اور وہاں کئی اور دلچسپ نظر آنے والے جانور بھی تھے۔

Alice a ouvert la voie à la sortie de la piscine

ایلس نے تالاب سے باہر نکلنے کا راستہ دکھایا

et toute la troupe des animaux nagea jusqu'au rivage

اور جانوروں کی پوری جماعت تیر کر ساحل کی طرف چلی گئی۔

Une course de caucus et une longue traîne

ایک کاکس ریس اور ایک لمبی دم

C'était en effet une bande d'animaux à l'allure amusante

وہ واقعی ایک مضحکہ خیز نظر آنے والے جانوروں کا گروہ تھے

et ils se rassemblèrent tous sur le bord de l'eau

اور وہ سب پانی کے کنارے جمع ہو گئے

Les oiseaux avaient tous des plumes débraillées

ان تمام پرندوں کے پر پھٹے ہوئے تھے

et les animaux à fourrure étaient trempés

اور پیارے جانوروں کو بھیگ دیا گیا تھا

et tous étaient trempés, agacés et mal à l'aise

اور سب گیلے، ناراض اور بے چین ٹپک رہے تھے

Il y avait une question à laquelle il fallait répondre en premier

ایک سوال تھا جس کا جواب پہلے دینا تھا

Quelle est la meilleure façon pour tout le monde de se sécher ?

ہر کسی کے لئے خشک ہونے کا بہترین طریقہ کیا ہے؟

Ils ont tenu une consultation à ce sujet

انہوں نے اس معاملے پر مشاورت کی تھی۔

Bientôt, ils furent tous en bons termes

جلد ہی وہ سب معروف شرائط پر تھے

C'était comme si elle les avait connus toute sa vie

ایسا لگتا تھا جیسے وہ انہیں ساری زندگی جانتی تھی

La souris semblait être une personne d'une certaine autorité

ماؤس کسی اختیار کا حامل شخص لگ رہا تھا

« Asseyez-vous, vous tous, et écoutez-moi !

"تم سب بیٹھو اور میری بات سنو!

« Je vais bientôt vous faire sécher à nouveau ! »

"میں جلد ہی تم سب کو دوبارہ خشک کر دوں گا"!

Ils s'assirent tous en même temps, dans un grand cercle

وہ سب ایک ہی وقت میں ایک بڑی انگوٹھی میں بیٹھ گئے۔

et la petite souris s'assit au milieu

اور چھوٹا چوہا درمیان میں بیٹھ گیا

« Hum ! » dit la souris d'un air important

"آہ!چوہے نے ایک اہم ہوا کے ساتھ کہا۔

« Êtes-vous tous prêts ? »

"تم سب تیار ہو؟"

« C'est la chose la plus sèche que je connaisse »

"یہ سب سے خشک چیز ہے جو میں جانتا ہوں"

« Silence tout autour, s'il vous plaît ! »

"اگر تم چاہو تو چاروں طرف خاموشی"!

« Guillaume le Conquérant était favorisé par le pape »

"ولیم فاتح کو پوپ کی طرف سے پسند کیا گیا تھا"

« mais il fut bientôt soumis par les Anglais »

"لیکن جلد ہی انگریزوں نے اس کے سامنے سر تسلیم خم کر دیا"

« Ils voulaient des leaders ces derniers temps »

"وہ دیر سے لیڈر چاہتے تھے"

« et ils avaient été habitués au pouvoir et à la conquête »

"اور وہ طاقت اور فتوحات کے عادی ہو چکے تھے"

« Edwin et Morcar, les comtes de Mercie et de Northumbrie »

"ایڈون اور مورکر، مرسیا اور نارتھمبریا کے ارلز"

« Pouah ! » dit l'oiseau lori, avec un frisson

"اوہ!الوری پرندے نے کانپتے ہوئے کہا۔

« et même Stigand, l'archevêque patriote de Cantorbéry »

"اور یہاں تک کہ سٹیگنڈ، کینٹربری کے محب وطن آرچ بشپ"

« Il l'a également trouvé opportun »

"اس نے بھی اسے مناسب سمجھا"

« Qu'a-t-il trouvé à propos ? » dit le canard

"اسے کیا مناسب لگا؟" "بطخ نے کہا۔

— Il l'a trouvé opportun, répondit la souris d'un ton un peu contrarié

"اسے یہ مناسب لگا "ماؤس نے اس کے بجائے جواب دیا

Mais le canard n'était pas satisfait

لیکن بطخ مطمئن نہیں تھا

« Bien sûr, vous savez ce que 'it' signifie »

"یقیناً، آپ جانتے ہیں کہ' اس 'کا کیا مطلب ہے"

« Je sais ce que c'est quand je trouve quelque chose », dit le canard

بطخ نے کہا ،" میں جانتا ہوں کہ جب مجھے کوئی چیز ملتی ہے تو' یہ '
کیا ہوتا ہے۔

« C'est généralement une grenouille ou un ver »

"یہ عام طور پر ایک مینڈک یا ایک کیڑا ہے"

« La question est de savoir ce que l'archevêque a trouvé ?

سوال یہ ہے کہ آرچ بشپ نے کیا پایا؟

La souris n'a pas remarqué cette question

ماؤس نے اس سوال کو نوٹ نہیں کیا

Au lieu de cela, la souris continua précipitamment son discours

اس کے بجائے، چوہے نے جلدی سے تقریر جاری رکھی۔

« il a jugé opportun d'aller avec Edgar Atheling »

"انہوں نے ایڈگر ایتھلنگ کے ساتھ جانا مناسب سمجھا"

« pour rencontrer Guillaume et lui offrir la couronne »

"ولیم سے ملنے اور اسے تاج پیش کرنے کے لئے"

la souris continua, se tournant vers Alice pendant qu'elle parlait

ماؤس نے بات جاری رکھتے ہوئے ایلس کی طرف رخ کیا

« Comment allez-vous maintenant, ma chère ? »

"اب تم کیسے چل رہے ہو بیٹی؟"

– Aussi mouillée que jamais, dit Alice d'un ton mélancolique

"ہمیشہ کی طرح گیلا، "ایلس نے اداس لہجے میں کہا۔

« Cette histoire n'a pas l'air de me tarir du tout »

"ایسا لگتا ہے کہ یہ کہانی مجھے بالکل بھی خشک نہیں کرتی ہے"

— Dans ce cas, dit solennellement le dodo en se levant

"اس صورت میں، "ڈوڈو نے اپنے پیروں پر کھڑے ہو کر سنجیدگی سے کہا۔

« Je vote pour l'ajournement de la séance »

"میں ووٹ دیتا ہوں کہ اجلاس ملتوی کر دیا جائے"

« et je propose l'adoption immédiate de remèdes plus énergiques »

"اور میں فوری طور پر زیادہ توانائی بخش علاج کو اپنانے کی تجویز کرتا ہوں"

« Dis des paroles vraies ! » dit l'aiglon

"حقیقی الفاظ بولو !"عقاب نے کہا۔

« Je ne connais pas le sens de la moitié de ces longs mots »

"میں ان لمبے الفاظ میں سے آدھے کا مطلب نہیں جانتا"

et, qui plus est, je ne crois pas que vous le sachiez non plus !

"اور، اس سے بھی بڑھ کر، مجھے یقین نہیں ہے کہ آپ بھی جانتے ہیں !"

— Ce que j'allais dire, dit le dodo d'un ton offensé

"میں کیا کہنے جا رہا تھا؟"ڈوڈو نے ناراض لہجے میں کہا۔

« La meilleure chose à faire pour nous sécher serait une course au caucus »

"ہمیں خشک کرنے کے لئے سب سے اچھی چیز کاکس ریس ہوگی"

« Qu'est-ce qu'une course de caucus ? » demanda Alice

"کاکس ریس کیا ہے ؟ "ایلس نے کہا۔

« Eh bien, » dit le dodo, « la meilleure façon de l'expliquer,
c'est de le faire »

"ٹھیک ہے ، "ڈوڈو نے کہا،" اس کی وضاحت کرنے کا بہترین طریقہ یہ
ہے کہ ایسا کیا جائے۔

« D'abord, le dodo a tracé un parcours »

"سب سے پہلے ڈوڈو نے ایک ریس کورس کی نشاندہی کی"

« La piste était dans une sorte de cercle »

"ٹریک ایک طرح کے دائرے میں تھا"

« Et puis tout le groupe a été placé le long du parcours »

"اور پھر تمام پارٹیوں کو راستے میں ڈال دیا گیا"

Il n'y avait pas de « Un, deux, trois et c'est parti ! »

"ایک، دو، تین اور دور "!نہیں تھا۔ کوئی

Mais ils ont commencé à courir quand ils voulaient

لیکن جب وہ چاہیں تو انہوں نے دوڑنا شروع کر دیا

et ils finissaient aussi quand ils le voulaient

اور جب وہ چاہیں ختم بھی کر دیتے تھے

Il n'était donc pas facile de savoir quand la course était
terminée

لہذا یہ جاننا آسان نہیں تھا کہ ریس کب ختم ہوئی۔

Après environ une demi-heure de course, ils étaient tous

assez secs

آدھے گھنٹے کی دوڑ کے بعد وہ سب کافی خشک تھے۔

le dodo s'écria soudain : « La course est finie ! »

ڈوڈو نے اچانک پکارا،" دوڑ ختم ہو گئی ہے"!

Et ils se pressèrent tous autour du Dodo

اور وہ سب ڈوڈو کے ارد گرد جمع ہو گئے

Tous les animaux haletaient et soufflaient

تمام جانور تڑپ رہے تھے اور پھونک رہے تھے

et tous voulaient savoir : « Mais qui a gagné ? »

اور وہ سب جاننا چاہتے تھے،" لیکن کون جیت گیا ہے؟"

Le dodo ne pouvait pas répondre immédiatement à cette
question

اس سوال کا جواب ڈوڈو فوری طور پر نہیں دے سکا

D'abord, il a dû beaucoup réfléchir

سب سے پہلے اسے بہت سوچنے کی ضرورت تھی

Après mûre réflexion, le dodo finit par parler

بہت سوچنے کے بعد، ڈوڈو آخر کار بولا

« Tout le monde a gagné, et tous doivent avoir des prix »

"ہر کوئی جیت گیا ہے، اور سب کے پاس انعام ہونا چاہئے"

« Mais qui doit donner les prix ? » demanda un chœur de
voix

"لیکن انعامات کون دے گا؟ "آوازوں کے ایک گروپ نے پوچھا۔

— Eh bien, elle, bien sûr, dit le dodo

"ٹھیک ہے، وہ، بالکل، "ڈوڈو نے کہا۔

et le dodo pointa d'un doigt vers Alice

اور ڈوڈو نے ایک انگلی سے ایلس کی طرف اشارہ کیا۔

et toute la troupe des animaux se pressait autour d'elle

اور جانوروں کی پوری جماعت اس کے ارد گرد جمع ہو گئی۔

ils ont crié, d'une manière confuse : « Des prix ! Des prix !

انہوں نے الجھے ہوئے انداز میں پکارا،" انعامات !انعام"!

Alice n'avait aucune idée de ce qu'elle devait faire

ایلس کو اندازہ نہیں تھا کہ کیا کرنا ہے

Désespérée, elle mit la main dans sa poche

مایوس ہو کر اس نے اپنا ہاتھ جیب میں ڈال لیا

Et elle en sortit une boîte de bonbons

اور اس نے مٹھائی کا ڈبہ نکالا

Heureusement, l'eau salée n'était pas entrée dans la boîte

خوش قسمتی سے نمکین پانی ڈبے میں نہیں آیا تھا۔

et elle a distribué les bonbons comme prix

اور اس نے مٹھائیاں انعام کے طور پر تقسیم کیں۔

Il y avait exactement une pièce pour tout le monde

ہر ایک کے لئے بالکل ایک ٹکڑا تھا

La prochaine chose qu'ils devaient faire était de manger les bonbons

اگلا کام جو انہیں کرنا تھا وہ مٹھائی اں کھانا تھا۔

Cela a causé du bruit et de la confusion

اس سے کچھ شور اور الجھن پیدا ہوئی

Les grands oiseaux se plaignaient de ne pas pouvoir goûter leurs bonbons

بڑے پرندوں نے شکایت کی کہ وہ ان کی مٹھائی کا ذائقہ نہیں لے سکتے

Les petits s'étouffaient et devaient être tapotés dans le dos

چھوٹے بچوں کا گلا گھونٹ دیا گیا اور ان کی پیٹھ تھپتھپانا پڑی۔

Cependant, c'était enfin fini

تاہم، آخر کار یہ ختم ہو گیا تھا۔

Et ils se rassirent en cercle

اور وہ دوبارہ ایک انگوٹھی میں بیٹھ گئے۔

et ils supplièrent la souris de leur dire quelque chose de plus

اور انہوں نے چوہے سے درخواست کی کہ وہ انہیں کچھ اور بتائے۔

— Vous m'avez promis de me raconter votre histoire, vous savez, dit Alice

"تم نے مجھے اپنی تاریخ بتانے کا وعدہ کیا تھا، تم جانتے ہو، "ایلس نے کہا۔

et elle fit une autre petite remarque sur les chats à voix basse

اور اس نے سرگوشی میں بلیوں کے بارے میں ایک اور چھوٹا سا تبصرہ کیا

Elle ne voulait pas offenser à nouveau la souris

وہ چوہے کو دوبارہ ناراض نہیں کرنا چاہتا تھا

la petite souris se tourna vers Alice et soupira

ننھا چوہا ایلس کی طرف مڑ گیا اور آہ بھری

« Ma conte est long et triste ! »

"میری ایک لمبی اور افسوسناک کہانی ہے"!

— C'est une longue queue, certainement, dit Alice

"یہ ایک لمبی دم ہے، یقینی طور پر،" ایلس نے کہا.

et elle baissa les yeux avec étonnement sur la queue de la souris

اور اس نے حیرت سے چوہے کی دم کو دیکھا.

« Mais pourquoi appelez-vous cela une queue triste ? »

"لیکن تم اسے اداس دم کیوں کہتے ہو؟"

Et elle n'arrêtait pas de s'interroger à ce sujet pendant que la souris parlait

اور جب چوہا بول رہا تھا تو وہ اس کے بارے میں پریشان رہی.

de sorte que son idée de l'histoire était quelque chose comme ceci

تاکہ کہانی کے بارے میں اس کا خیال کچھ اس طرح اس طرح ہو.

```
          "Fury said to
             a mouse, That
                he met in the
                   house, 'Let
                      us both go
                       to law: I
                        will prosecute
                       you.—
                        Come, I'll
                      take no denial:
                    We must have
                  the trial;
                For really
              this morning
            I've
           nothing
          to do.'
           Said the
             mouse to
               the cur,
                 'Such a
                  trial, dear
                    sir, With
                       no jury
                        or judge,
                          would
                           be wasting
                        our
                      breath.'
                    'I'll be
                  judge,
              I'll be
            jury,'
          said
          cunning
             old
               Fury:
                'I'll
                 try
                   the
                      whole
                       cause,
                        and
                        condemn
                      you to
               death.'"
```

Fury dit à une souris : Qu'il s'est rencontré dans la maison.

فیوری نے ایک چوہے سے کہا کہ وہ "گھر میں ملا تھا.

Allons tous les deux en justice, je vous poursuivrai

آئیے ہم دونوں قانون کی طرف جائیں :میں آپ پر مقدمہ چلاؤں گا.

Allons, je n'accepterai aucun démenti : il faut que nous fassions l'épreuve

آؤ، میں انکار نہیں کروں گا :ہمیں ٹرائل کرنا ہوگا

Car vraiment ce matin je n'ai rien à faire

واقعی آج صبح میرے پاس کرنے کے لئے کچھ نہیں ہے

Dit la souris au maudit ;

چوہے نے علاج سے کہا۔

Un tel procès, cher monsieur, sans jury ni juge, nous ferait perdre notre souffle

اس طرح کا مقدمہ، پیارے جناب، بغیر کسی جیوری یا جج کے، ہماری سانسیں ضائع کر رہے ہوں گے۔

« Je serai juge, je serai jury », dit le vieux rusé Fury

"میں جج بنوں گا، میں جیوری بنوں گا، "چالاک بوڑھا فیوری نے کہا۔

Je vais juger toute la cause, et je vous condamnerai à mort

میں پورے مقصد کی کوشش کروں گا، اور تمہیں موت کی سزا دوں گا

la souris parla sévèrement à Alice

چوہے نے ایلس سے سختی سے بات کی

« Tu ne fais pas attention ! »

"تم توجہ نہیں دے رہے"!

« À quoi pensez-vous ? »

"تم کیا سوچ رہے ہو؟"

— Je vous demande pardon, dit Alice très humblement

"میں آپ سے معافی مانگتی ہوں۔ "ایلس نے بڑی عاجزی سے کہا۔

« Tu étais arrivé au cinquième virage, je crois ? »

"مجھے لگتا ہے کہ تم پانچویں موڑ پر پہنچ گئے ہو؟"

« Vous m'insultez en disant de telles bêtises ! »

"تم ایسی فضول باتیں کرکے میری توہین کرتے ہو"!

Et la souris se leva et s'éloigna

اور چوہا اٹھ کر چلا گیا

Alice appela la petite souris

ایلس نے چھوٹے چوہے کے پیچھے پکارا

« S'il vous plaît, revenez et terminez votre histoire ! »

"براہ مہربانی واپس آئیں اور اپنی کہانی ختم کریں"!

Et les autres se joignirent tous en chœur

اور باقی سبھی نے بھی اس میں حصہ لیا۔

« Oui, s'il vous plaît, terminez votre histoire ! »

"جی ہاں، براہ مہربانی اپنی کہانی ختم کریں"!

Mais la souris se contenta de secouer la tête avec impatience

لیکن چوہے نے صرف بے صبری سے اپنا سر ہلایا

et la petite souris marchait un peu plus vite

اور چھوٹا چوہا تھوڑا تیزی سے چل رہا تھا

« Je voudrais bien avoir Dinah, notre chat, ici ! » dit Alice

"کاش میرے پاس دینا، ہماری بلی، یہاں ہوتی "ایلس نے کہا۔

Cela provoqua une sensation remarquable parmi le parti

اس سے پارٹی میں غیر معمولی سنسنی پھیل گئی۔

Quelques-uns des oiseaux se hâtèrent de s'éloigner

کچھ پرندے ایک ہی وقت میں بھاگ گئے

et un canari appela d'une voix tremblante ses enfants ;

اور ایک کینری نے کانپتی ہوئی آواز میں اپنے بچوں کو پکارا۔

« Allez-vous-en, mes chères ! »

"چلے جاؤ میرے پیارے"!

« Il est grand temps que vous soyez tous au lit ! »

"اب وقت آگیا ہے کہ آپ سب بستر پر ہوں"!

Avec diverses excuses, ils sont tous partis

مختلف بہانوں سے وہ سب چلے گئے

et Alice se retrouva bientôt seule

اور ایلس جلد ہی اکیلا رہ گیا

« J'aurais aimé ne pas avoir mentionné Dinah ! »

"کاش میں نے دینا کا ذکر نہ کیا ہوتا"!

« Personne n'a l'air de l'aimer ici »

"ایسا لگتا ہے کہ یہاں کوئی بھی اسے پسند نہیں کرتا"

« Mais je suis sûr que c'est la meilleure chatte du monde ! »

"لیکن مجھے یقین ہے کہ وہ دنیا کی سب سے بہترین بلی ہے"!

La pauvre Alice se remit à pleurer

بیچاری ایلس نے پھر رونا شروع کر دیا

parce qu'elle se sentait très seule et déprimée

کیونکہ وہ بہت اکیلا اور کم جوش محسوس کرتی تھی۔

Au bout de peu de temps, cependant, elle entendit de
nouveau quelque chose

تاہم تھوڑی دیر میں اس نے ایک بار پھر کچھ سنا۔

un petit bruit de pas au loin

دور سے قدموں کی ہلکی سی دھڑکن

et elle leva les yeux avec impatience

اور اس نے بے چینی سے اوپر دیکھا

Le lapin envoie le petit M. Bill
خرگوش چھوٹے مسٹر بل کو بھیجتا ہے

C'était le lapin blanc, qui revenait lentement au trot
یہ سفید خرگوش تھا، جو آہستہ آہستہ واپس آ رہا تھا

Il regardait anxieusement autour de lui en chemin
جاتے ہوئے وہ بے چینی سے دیکھ رہا تھا

Il avait l'air d'avoir perdu quelque chose
وہ ایسا لگ رہا تھا جیسے اس نے کچھ کھو دیا ہو

Alice l'entendit marmonner pour lui-même
ایلس نے اسے اپنے آپ سے چیختے ہوئے سنا

— La duchesse ! La Duchesse ! Oh, mes chères pattes !
"شہزادی !ڈچز !اوہ، میرے پیارے پنجے"!

« Oh, ma fourrure et mes moustaches ! »
"اوہ، میری کھال اور مونچھیں"!

« Elle va me faire exécuter, j'en suis sûr »
"وہ مجھے پھانسی دے دے گی، مجھے اس بات کا یقین ہے"

« Aussi sûr que les furets sont des furets ! »
"بالکل اتنا ہی یقینی ہے جتنا فیریٹس فیریٹ ہیں"!

« Où ai-je pu laisser tomber mes affaires, je me demande ? »
"میں اپنی چیزیں کہاں چھوڑ سکتا ہوں، مجھے حیرت ہے"؟

Alice devina en un instant ce qu'il cherchait
ایلس نے ایک لمحے میں اندازہ لگایا کہ وہ کیا تلاش کر رہا ہے

Il cherchait l'éventail de plumes

وہ پنکھ کے پنکھے کی تلاش میں تھا

et il cherchait la paire de gants blancs

اور وہ سفید دستانے کی جوڑی کی تلاش میں تھا

Elle se mit donc très gentiment à chercher les gants

لہٰذا اس نے بہت اچھے مزاج سے دستانے تلاش کرنا شروع کر دیے۔

Et elle chercha aussi l'éventail de plumes

اور اس نے پنکھ کے پنکھے کو بھی تلاش کیا

Mais les gants et l'éventail de plumes étaient introuvables

لیکن دستانے اور پنکھ کا پنکھا کہیں نظر نہیں آ رہا تھا۔

Tout semblait avoir changé depuis sa baignade dans la piscine

تالاب میں تیرنے کے بعد سے ایسا لگتا تھا کہ سب کچھ بدل گیا ہے

Rien n'était pareil depuis qu'elle était dans la grande salle

جب سے وہ عظیم ہال میں تھی تب سے کچھ بھی ایک جیسا نہیں تھا۔

et la table de verre avait disparu

اور شیشے کی میز غائب ہو گئی تھی

Et la petite porte n'était pas là non plus

اور چھوٹا سا دروازہ بھی وہاں نہیں تھا

Très vite, le lapin remarqua Alice

بہت جلد خرگوش نے ایلس کو دیکھا

Il l'appela d'un ton furieux

اس نے غصہ بھرے لہجے میں اسے پکارا

« Mary Ann, que fais-tu ici ? »

"مریم این، تم یہاں کیا کر رہی ہو؟"

« Rentre chez toi à l'instant même »

"اس لمحے گھر بھاگ جاؤ"

« Et apporte-moi une paire de gants et un éventail de plumes ! »

"اور میرے لیے دستانے کا ایک جوڑا اور پنکھ کا پنکھا لے آؤ"!

« Et faites vite ! »

"اور اس کے بارے میں جلدی کرو"!

Alice se parlait à elle-même en s'enfuyant

ایلس نے بھاگتے ہوئے خود سے بات کی

— Il a dû me prendre pour sa femme de chambre !

"اس نے مجھے اپنی گھریلو ملازمہ سمجھ لیا ہوگا"!

« Comme il sera surpris quand il découvrira qui je suis ! »

"وہ کتنا حیران ہوگا جب اسے پتہ چلے گا کہ میں کون ہوں"!

En disant cela, elle tomba sur une petite maison soignée

یہ کہتے ہی وہ ایک صاف ستھرے چھوٹے سے گھر پر آ گئی۔

Sur la porte de la maison se trouvait une plaque de laiton brillant

گھر کے دروازے پر ایک روشن پیتل کی پلیٹ تھی۔

« W. LAPIN »

"ڈبلیو خرگوش"

Elle entra sans frapper à la porte

وہ دروازہ کھٹکھٹائے بغیر اندر چلی گئی

et elle se hâta de monter l'escalier

اور وہ جلدی سے سیدھا اوپر کی منزل پر آ گیا

elle craignait de rencontrer la vraie Mary Ann

اسے فکر تھی کہ وہ حقیقی مریم این سے مل سکتی ہے

parce qu'alors elle serait chassée de la maison

کیونکہ پھر اسے گھر سے نکال دیا جائے گا

et elle ne pourrait pas trouver l'éventail de plumes et les gants

اور وہ پنکھ کا پنکھا اور دستانے تلاش نہیں کر پائے گی

Alice s'était frayé un chemin dans une petite pièce bien rangée

ایلس کو ایک صاف ستھرے چھوٹے سے کمرے میں داخل ہونے کا راستہ مل گیا تھا

Dans la pièce, il y avait une table près de la fenêtre

کمرے میں کھڑکی کے پاس ایک میز تھی

et sur la table, il y avait un éventail de plumes

اور میز پر پنکھ کا پنکھا لگا ہوا تھا

et il y avait deux ou trois paires de petits gants blancs

اور چھوٹے چھوٹے سفید دستانے کے دو یا تین جوڑے تھے۔

Elle ramassa l'éventail en plumes et une paire de gants

اس نے پنکھ کا پنکھا اور دستانے کا ایک جوڑا اٹھایا

et elle allait quitter la pièce

اور وہ کمرے سے باہر نکلنے ہی والی تھی

mais alors ses yeux tombèrent sur une petite bouteille

لیکن پھر اس کی نظر ایک چھوٹی سی بوتل پر پڑی۔

Elle déboucha la bouteille et la porta à ses lèvres

اس نے بوتل کھولی اور اسے اپنے ہونٹوں پر رکھ لیا

« J'espère que cela me fera redevenir grand »

"مجھے امید ہے کہ یہ مجھے دوبارہ بڑا کرے گا"

« J'en ai marre d'être une toute petite chose ! »

"میں اتنی چھوٹی سی چیز بن کر تھک گیا ہوں"!

Alice avait à peine bu la moitié de la bouteille

ایلس نے مشکل سے آدھی بوتل پی تھی

Sa tête était déjà appuyée contre le plafond

اس کا سر پہلے ہی چھت پر دبا ہوا تھا

et elle dut se baisser

اور اسے نیچے گرنا پڑا

pour sauver son cou d'être brisé

تاکہ اس کی گردن ٹوٹنے سے بچ سکے

Elle posa précipitamment la bouteille

اس نے جلدی سے بوتل نیچے رکھ دی

« C'est bien assez »

"یہ کافی ہے"

« J'espère que je ne grandirai plus »

"مجھے امید ہے کہ میں اب ترقی نہیں کروں گا"

Hélas! Il était trop tard pour souhaiter cela !

افسوس !یہ خواہش کرنے کے لئے بہت دیر ہو چکی تھی!

Elle n'a cessé de grandir

وہ بڑھتی اور بڑھتی چلی گئی

et très vite elle dut s'agenouiller sur le sol

اور بہت جلد اسے فرش پر گھٹنے ٹیکنے پڑے۔

Et même alors, elle a continué à grandir

اور پھر بھی وہ بڑھتی چلی گئی۔

Comme dernière ressource, elle passa un bras par la fenêtre

آخری وسائل کے طور پر اس نے ایک بازو سے کھڑکی باہر رکھا

et elle mit un pied dans la cheminée

اور اس نے چمنی پر ایک پاؤں رکھا

« Maintenant, je ne peux plus faire, quoi qu'il arrive »

"اب میں مزید کچھ نہیں کر سکتا، جو بھی ہو جائے"

« Que vais-je devenir ? »

"میرا کیا بنے گا؟"

Alice a eu un peu de chance

ایلس کے پاس قسمت کی ایک جگہ تھی

La petite bouteille magique avait fait son plein effet

چھوٹی سی جادو کی بوتل نے اپنا پورا اثر ڈالا تھا

et Alice ne grandit pas plus qu'elle n'était

اور ایلس اس سے بڑی نہیں ہوئی

Au bout de quelques minutes, elle entendit une voix à l'extérieur

چند منٹ کے بعد اسے باہر سے ایک آواز سنائی دی۔

et elle s'arrêta pour écouter la voix

اور وہ آواز سننے کے لئے رک گئی

« Mary Ann ! Mary Ann ! dit la voix

"مریم این !مریم این "!آواز نے کہا

« Apporte-moi mes gants tout de suite ! »

"اس لمحے میرے دستانے لے آؤ"!

Puis vint un petit claquement de pieds dans l'escalier

اس کے بعد سیڑھیوں پر پاؤں کی ہلکی سی دھڑکن آئی۔

Alice savait que c'était le lapin qui venait la chercher

ایلس جانتی تھی کہ یہ خرگوش ہے جو اسے تلاش کرنے آرہا ہے

et elle trembla jusqu'à faire trembler la maison

اور وہ اس وقت تک کانپتی رہی جب تک کہ اس نے گھر کو ہلا نہ دیا۔

elle oublia tout à fait quelles étaient ses proportions

وہ بالکل بھول گئی کہ اس کا تناسب کیا تھا

Elle était mille fois plus grosse que le lapin

وہ خرگوش سے ہزار گنا بڑی تھی

et elle n'avait aucune raison d'avoir peur d'un lapin

اور اس کے پاس خرگوش سے ڈرنے کی کوئی وجہ نہیں تھی

Bientôt le lapin s'approcha de la porte

پھر خرگوش دروازے پر آیا

et le petit lapin essaya d'ouvrir la porte

اور ننھے خرگوش نے دروازہ کھولنے کی کوشش کی

La porte a commencé à s'ouvrir vers l'intérieur

دروازہ اندر کی طرف کھلنے لگا

mais le coude d'Alice était fortement appuyé contre la porte

لیکن ایلس کی کہنی کو دروازے پر زور سے دبایا گیا تھا۔

Cette tentative s'est avérée un échec

یہ کوشش ناکام ثابت ہوئی

Alice entendit le lapin se parler à lui-même

ایلس نے خرگوش کو خود سے بات کرتے سنا

« Ensuite, je vais faire le tour et entrer par la fenêtre »

"پھر میں ادھر ادھر جاؤں گا اور کھڑکی سے اندر آؤں گا۔"

« Que tu ne le feras pas ! » pensa Alice

"تم ایسا نہیں کرو گے !"ایلس نے سوچا۔

Et elle attendit encore un peu

اور اس نے پھر تھوڑا سا انتظار کیا

Bientôt, elle entendit le lapin juste sous la fenêtre

جلد ہی اس نے کھڑکی کے نیچے خرگوش کی آواز سنی۔

Elle étendit soudain la main

اس نے اچانک اپنا ہاتھ پھیلایا

et elle fit une prise en l'air

اور اس نے ہوا میں چھین لیا

Elle n'a rien attrapé

اس نے کچھ بھی نہیں پکڑا

mais elle entendit un petit cri et une chute

لیکن اس نے تھوڑی سی چیخ اور گرنے کی آواز سنی۔

et elle entendit un fracas de verre brisé

اور اس نے ٹوٹے ہوئے شیشے کے گرنے کی آواز سنی

Peut-être le lapin était-il tombé

شاید خرگوش گر گیا تھا

Peut-être était-il dans une serre

شاید وہ کسی گرین ہاؤس میں تھا

Puis vint une voix en colère ; La voix du lapin

اس کے بعد ایک غصے کی آواز آئی۔ خرگوش کی آواز

« Pat, où es-tu ? »

"پیٹ، تم کہاں ہو؟"

Et puis vint une voix qu'elle n'avait jamais entendue auparavant

اور پھر ایک آواز آئی جو اس نے پہلے کبھی نہیں سنی تھی

« Votre honneur, je suis là ! »

"عزت ہے، میں یہاں ہوں"!

« Je creuse pour trouver des pommes »

"میں سیب کے لیے کھدائی کر رہا ہوں"

« Ici ! Venez m'aider à m'en sortir !

"یہاں !آؤ اور اس سے میری مدد کرو"!

« Maintenant, dis-moi, Pat, qu'est-ce qu'il y a dans la fenêtre ? »

"اب مجھے بتاؤ پیٹ، کھڑکی میں یہ کیا ہے؟"

« Bien sûr, Votre Honneur, je vais vous le dire »

"ہاں، آپ کی عزت، میں آپ کو بتاؤں گا۔"

« C'est un bras qui est dans la fenêtre ! »

"یہ ایک بازو ہے جو کھڑکی میں ہے"!

« Eh bien, un bras n'a rien à faire là-bas »

"ٹھیک ہے، ایک بازو کا وہاں کوئی کاروبار نہیں ہے"

« Va et enlève le bras ! »

"جاؤ اور بازو ہٹا لو"!

Il y eut un long silence après cela

اس کے بعد ایک لمبی خاموشی چھا گئی۔

et Alice n'entendait que des chuchotements de temps en temps

اور ایلس صرف سرگوشیاں سن سکتی تھی۔

et enfin elle étendit de nouveau la main

اور آخر کار اس نے اس دوبارہ اپنا ہاتھ پھیلایا

et elle fit une autre arrachée dans les airs

اور اس نے ہوا میں ایک اور چھین لیا

Cette fois, il y eut deux petits cris

اس بار دو چھوٹی چھوٹی چیخیں آئیں۔

et il y avait d'autres bruits de verre brisé

اور ٹوٹے ہوئے شیشے کی مزید آوازیں آ رہی تھیں۔

« Je me demande ce qu'ils vont faire ensuite ! » pensa Alice

"میں حیران ہوں کہ وہ آگے کیا کریں گے!" ایلس نے سوچا۔

« J'aimerais qu'ils me tirent par la fenêtre »

"کاش وہ مجھے کھڑکی سے باہر کھینچ لیتے"

Elle attendit un certain temps

اس نے کچھ دیر انتظار کیا

Mais pendant un moment, elle n'entendit plus rien

لیکن تھوڑی دیر کے لئے اس نے مزید کچھ نہیں سنا

Enfin, il y eut un grondement de petites roues

آخر کار چھوٹے پہیوں کی گونج آئی۔

et il y eut le son d'un bon nombre de voix

اور وہاں بہت سی آوازوں کی آواز آئی

Toutes les voix parlaient ensemble

تمام آوازیں ایک ساتھ بات کر رہی تھیں

Elle pouvait distinguer certaines des paroles

وہ کچھ الفاظ نکال سکتی تھی

« Où est l'autre échelle ? »

"دوسری سیڑھی کہاں ہے؟"

« Bill a l'autre échelle »

"بل کے پاس دوسری سیڑھی ہے"

« Bill, viens ici ! »

"بل، یہاں آؤ"!

« Le toit va-t-il supporter le fardeau ? »

"کیا چھت بوجھ برداشت کرے گی؟"

« Qui veut descendre par la cheminée ? »

"کون چمنی سے نیچے جانا چاہتا ہے؟"

— Non, je ne le ferai pas ! Vous le faites !

"نہیں، میں نہیں کروں گا! تم یہ کرو"!

« Tiens, Bill ! »

"یہاں، بل"!

« Le maître dit qu'il faut descendre par la cheminée ! »

"مالک کہتا ہے کہ تمہیں چمنی سے نیچے اترنا ہے"!

Alice descendit son pied aussi loin qu'elle le put dans la cheminée

ایلس نے اپنا پاؤں چمنی سے جتنا ہو سکے نیچے کھینچ لیا

Et puis elle attendit de voir ce qui allait arriver

اور پھر وہ انتظار کر رہی تھی کہ کیا ہو رہا ہے

Elle entendit un petit animal gratter et se débattre

اس نے ایک چھوٹے سے جانور کو کھرچتے اور تڑپتے ہوئے سنا

Le petit animal doit être dans la cheminée

چھوٹے جانور کو چمنی میں ہونا چاہئے

Puis elle donna un coup de pied sec

پھر اس نے ایک تیز لات ماری

et elle attendit de voir ce qui allait se passer ensuite

اور وہ انتظار کر رہی تھی کہ آگے کیا ہوگا

Elle entendit un chœur général de voix

اس نے آوازوں کا ایک عام مجموعہ سنا

« Voilà Bill ! » dirent-ils tous

"بل آتا ہے!" سب نے کہا۔

Puis elle entendit la voix du lapin seule

پھر اس نے خرگوش کی آواز اکیلے سنی

« Toi par la haie, attrape-le ! »

"تم اسے پکڑ لو"!

Il y eut un autre moment de silence

ایک اور لمحے کی خاموشی چھا گئی

Et puis il y eut une autre confusion de voix

اور پھر آوازوں کی ایک اور الجھن پیدا ہو گئی۔

« Lève la tête, Brandy »

"اپنا سر اٹھا لو، برانڈی"

« Attention à ne pas l'étouffer »

"محتاط رہو کہ اس کا گلا نہ گھونٹیں"

« Qu'est-ce qui t'est arrivé ? »

"تمہیں کیا ہو گیا ہے؟"

Enfin, une petite voix faible et grinçante est apparue

آخری بار ایک ہلکی سی کمزور، چیخنے والی آواز آئی

« Eh bien, je n'en sais presque pas plus »

"ٹھیک ہے، میں شاید ہی اب کچھ نہیں جانتا"

« merci à tous, je vais mieux maintenant »

"آپ سب کا شکریہ، میں اب بہتر ہوں"

« il y a une chose dont je peux me souvenir »

"ایک بات مجھے یاد ہے"

« Quelque chose vient à moi comme un train dans un tunnel »

"سرنگ میں ٹرین کی طرح کوئی چیز مجھ پر آتی ہے"

« Et je vole comme une fusée ! »

"اور میں آسمان ی راکٹ کی طرح پرواز کرتا ہوں"!

Il y eut une minute ou deux de silence

وہاں ایک یا دو منٹ کی خاموشی تھی۔

puis ils ont recommencé à se déplacer

اور پھر انہوں نے دوبارہ گھومنا شروع کر دیا

et Alice entendit de nouveau le Lapin parler

اور ایلس نے خرگوش کو دوبارہ بولتے ہوئے سنا

« Une brouette fera l'affaire, pour commencer »

"شروع کرنے کے لئے، ایک بیروول کام کرے گا"

« Une brouette pleine de quoi ? » pensa Alice

"کیا بات ہے؟ "ایلس نے سوچا۔

Mais elle ne fut pas tenue en suspens longtemps

لیکن اسے زیادہ دیر تک شکوک و شبہات میں نہیں رکھا گیا۔

Une pluie de petits cailloux est passée par la fenêtre

کھڑکی سے ننھی کنکریوں کی بارش آئی۔

et quelques petits cailloux l'ont frappée au visage

اور کچھ چھوٹی چھوٹی کنکریاں اس کے چہرے پر لگی تھیں۔

Alice fut surprise par les petits cailloux

ایلس چھوٹی چھوٹی کنکریوں کے بارے میں حیران تھی

Tous les petits cailloux se transformaient en gâteaux

تمام چھوٹی چھوٹی کنکریاں کیک میں تبدیل ہو رہی تھیں

et une idée lumineuse lui vint à l'esprit

اور اس کے ذہن میں ایک روشن خیال آیا۔

« Je devrais manger un de ces gâteaux »

"مجھے ان میں سے ایک کیک کھانا چاہئے"

« Le gâteau ne manquera pas de faire changer ma taille »

"کیک یقینی طور پر میرے سائز میں کچھ تبدیلی کرے گا"

Alors elle a avalé l'un des gâteaux

تو اس نے ایک کیک نگل لیا

et elle fut ravie de constater qu'elle commençait à rétrécir

اور اسے یہ جان کر خوشی ہوئی کہ وہ سکڑنے لگی

Bientôt, elle fut assez petite pour franchir la porte

جلد ہی وہ دروازے سے داخل ہونے کے لئے کافی چھوٹی تھی

Elle s'est enfuie de la maison

وہ گھر سے بھاگ گئی

Une foule de petits animaux et d'oiseaux attendaient dehors

چھوٹے جانوروں اور پرندوں کا ایک ہجوم باہر انتظار کر رہا تھا

tous les petits oiseaux et les petits animaux se précipitèrent
sur Alice

تمام ننھے پرندے اور جانور ایلس کی طرف دوڑ پڑے۔

Mais elle s'enfuit aussi vite qu'elle le put

لیکن وہ جتنی جلدی ہو سکے بھاگ گئی۔

et bientôt elle se trouva en sécurité dans un bois épais

اور جلد ہی اس نے خود کو ایک موٹی لکڑی میں محفوظ پایا

Alice errait dans les bois

ایلس جنگل میں گھومتی رہی

Et elle pensa en elle-même :

اور اس نے اپنے آپ کو سوچا:

« Je sais ce que je dois faire en premier »

"میں جانتا ہوں کہ مجھے پہلے کیا کرنا ہے"

« Je dois d'abord grandir à ma bonne taille »

"سب سے پہلے مجھے دوبارہ اپنے صحیح سائز میں بڑھنا ہوگا"

« et puis je dois trouver mon chemin dans ce joli jardin »

"اور پھر مجھے اس خوبصورت باغ میں اپنا راستہ تلاش کرنا ہے"

« Je suppose que je devrais manger ou boire quelque chose
ou autre »

"مجھے لگتا ہے کہ مجھے کچھ نہ کچھ کھانا یا پینا چاہئے"

« Mais la question est de savoir ce que je dois manger ou
boire ? »

"لیکن سوال یہ ہے کہ مجھے کیا کھانا چاہیے اور کیا پینا چاہیے؟"

Alice regarda tout autour d'elle les fleurs

ایلس نے اپنے چاروں طرف پھولوں کی طرف دیکھا

et elle regarda à travers les brins d'herbe

اور اس نے گھاس کے بلیڈوں میں سے دیکھا

mais elle ne voyait rien à manger ni à boire

لیکن اسے کھانے پینے کے لئے کچھ نظر نہیں آ رہا تھا

Rien ne semblait être la bonne chose à manger ou à boire

کچھ بھی کھانے یا پینے کے لئے صحیح چیز کی طرح نہیں لگ رہا تھا

Il y avait un gros champignon qui poussait près d'elle

اس کے قریب ایک بڑا مشروم اگ رہا تھا

le champignon était à peu près de la même taille qu'Alice

مشروم کی اونچائی ایلس کے برابر تھی۔

Elle s'étira sur la pointe des pieds

اس نے اپنے آپ کو ٹانگوں پر پھیلا یا

Et elle jeta un coup d'œil par-dessus le bord du champignon

اور اس نے مشروم کے کنارے پر جھانک کر دیکھا

Ses yeux rencontrèrent immédiatement les yeux d'une grande chenille bleue

اس کی آنکھیں فوری طور پر نیلے رنگ کے ایک بڑے کیٹرپلر کی آنکھوں سے ملیں۔

La chenille était assise sur le sommet du champignon

کیٹرپیلر مشروم کے اوپر بیٹھا ہوا تھا

et la chenille avait croisé tous ses bras

اور کیٹرپلر نے اپنے تمام بازو وؤں کو پار کر لیا تھا

et il fumait tranquillement un long narguilé

اور وہ خاموشی سے ایک لمبا ہکا پی رہا تھا

et il ne faisait pas la moindre attention à rien

اور اس نے کسی بھی چیز کا چھوٹا سا نوٹس نہیں لیا

et il n'a certainement pas fait attention à Alice

اور اس نے یقینی طور پر ایلس پر توجہ نہیں دی

Les conseils d'une chenille
کیٹرپیلر سے مشورہ

Finalement, la chenille a retiré le narguilé de sa bouche
آخر کار کیٹرپیلر نے اپنے منہ سے ہکا نکال لیا

et il s'adressa à Alice d'une voix languissante et endormie
اور اس نے ایلس کو دھیمی اور نیند بھری آواز میں مخاطب کیا۔

« Qui es-tu ? » demanda la chenille
"تم کون ہو؟ "کیٹرپیلر نے پوچھا۔

Alice a répondu, plutôt timidement : « Je sais à peine, monsieur. »
ایلس نے شرم سے جواب دیا،" میں شاید ہی جانتا ہوں، جناب"

« Juste pour le moment, c'est un peu… »
"بس اس وقت یہ سب کچھ تھوڑا سا ہے"...

« Je sais qui j'étais quand je me suis levé ce matin"
"میں جانتا ہوں کہ جب میں صبح اٹھا تو میں کون تھا"

« mais je pense que j'ai dû changer plusieurs fois depuis »
"لیکن مجھے لگتا ہے کہ اس کے بعد سے میں کئی بار بدل چکا ہوں۔

« Qu'est-ce que tu veux dire par là ? » dit la chenille
"اس سے آپ کا کیا مطلب ہے؟ "کیٹرپیلر نے کہا۔

sévèrement, la chenille lui demanda de s'expliquer

سختی سے کیٹرپلر نے اسے اپنی وضاحت کرنے کے لئے کہا

— Je ne peux pas m'expliquer, j'en ai peur, monsieur, dit Alice

"میں اپنے آپ کو بیان نہیں کر سکتی، مجھے ڈر ہے، سر، "ایلس نے کہا.

« parce que je ne suis pas moi-même »

"کیونکہ میں خود نہیں ہوں"

« Vous voyez, être de tant de tailles différentes en une journée, c'est très déroutant »

"آپ دیکھتے ہیں، ایک دن میں اتنے مختلف سائز ہونا بہت الجھن ہے"

Elle se redressa et dit très gravement :

اس نے اپنے آپ کو اوپر اٹھایا اور بہت سنجیدگی سے کہا:

« Je pense que tu devrais me dire qui tu es, en premier »

"مجھے لگتا ہے کہ آپ کو پہلے مجھے بتانا چاہئے کہ آپ کون ہیں"

« Pourquoi ? » demanda la chenille

"کیوں؟ "کیٹرپلر نے کہا.

Alice ne voyait aucune bonne raison

ایلس کوئی اچھی وجہ نہیں سوچ سکتی تھی

et la chenille semblait être dans un état d'esprit très désagréable

اور کیٹرپلر بہت ناگوار ذہنی حالت میں لگ رہا تھا

alors elle s'en retourna

اس لیے وہ منہ موڑ لیا

« Reviens ! » la chenille l'appela

"واپس آؤ "!کیٹرپلر نے اس کے پیچھے پکارا.

« J'ai quelque chose d'important à dire ! »

"مجھے کچھ اہم کہنا ہے"!

Alice se retourna et revint

ایلس مڑ گئی اور دوبارہ واپس آگئی

« Garde ton sang-froid », dit la chenille

"اپنا غصہ رکھو، "کیٹرپلر نے کہا.

— C'est tout ? dit Alice

"بس اتنا ہی ہے؟ "ایلس نے کہا.

Et elle ravala sa colère de son mieux

اور اس نے اپنا غصہ جتنا ہو سکے نگل لیا.

« Non, » dit la chenille

"نہیں۔ "کیٹرپلر نے کہا۔

La chenille déplia ses bras

کیٹرپلر نے اپنے بازو کھولے

Et il retira le narguilé de sa bouche

اور اس نے دوبارہ اپنے منہ سے ہکا نکال لیا۔

et il a dit : « Vous pensez donc que vous avez changé, n'est-ce pas ? »

اور اس نے کہا،" تو آپ کو لگتا ہے کہ آپ تبدیل ہو گئے ہیں، ہے نا؟"

— J'ai peur, je suis changée, monsieur, dit Alice

"مجھے ڈر لگتا ہے، میں بدل گئی ہوں، سر، "ایلس نے کہا۔

« Je ne me souviens plus des choses comme je m'en souvenais »

"مجھے چیزیں یاد نہیں ہیں جیسا کہ میں انہیں یاد کرتا تھا"

« et je ne reste pas plus de dix minutes de la même taille ! »

"اور میں دس منٹ سے زیادہ ایک ہی سائز میں نہیں رہتا"!

« Quelle taille veux-tu faire ? » demanda la chenille

"تم کس سائز کا بننا چاہتے ہو؟ "کیٹرپلر نے پوچھا۔

— Oh, ma taille ne me dérange pas particulièrement, répondit vivement Alice

"اوہ، مجھے اس سے کوئی فرق نہیں پڑتا کہ میں کس سائز کا ہوں، "
ایلس نے جلدی سے جواب دیا۔

« Je n'aime pas changer de taille si souvent, vous savez »

"مجھے اکثر سائز تبدیل کرنا پسند نہیں ہے، آپ جانتے ہیں"

« J'aimerais être un peu plus grand, monsieur »

"میں تھوڑا بڑا ہونا چاہوں گا جناب"

— Si cela ne vous dérange pas, ajouta Alice

"اگر آپ کو کوئی اعتراض نہیں ہوگا، "ایلس نے مزید کہا

« Dix centimètres, c'est une taille si misérable »

"دس سینٹی میٹر کی اونچائی اتنی خراب ہے"

« C'est une très bonne hauteur en effet ! » dit la chenille avec colère

"یہ واقعی بہت اچھی اونچائی ہے !"کیٹرپلر نے غصے سے کہا۔

et il se redressa tout en parlant

اور بولتے ہوئے اس نے اپنے آپ کو سیدھا اٹھا لیا

Il mesurait exactement dix centimètres de haut

وہ بالکل دس سینٹی میٹر اونچا تھا

Au bout d'une minute ou deux, la chenille s'est détachée du

champignon

ایک یا دو منٹ میں، کیٹرپلر مشروم سے نیچے اتر گیا

et il s'enfonça en rampant dans l'herbe

اور وہ گھاس میں رینگ کر چلا گیا

En s'éloignant, il fit quelques petites remarques

جاتے ہوئے اس نے کچھ چھوٹی چھوٹی باتیں کیں۔

« Un côté vous fera grandir »

"ایک طرف آپ کو لمبا کر دے گا"

« Et l'autre côté te fera rapetisser »

"اور دوسرا رخ آپ کو چھوٹا کر دے گا"

« Un côté de quoi ? » pensa Alice en elle-même

"کس چیز کا ایک رخ؟" ایلس نے خود سے سوچا۔

« L'autre côté de quoi ? »

"دوسری طرف کیا ہے؟"

« Le côté du champignon », dit la chenille

"مشروم کا ایک طرف،" کیٹرپلر نے کہا۔

C'était comme si elle avait posé sa question à haute voix

ایسا لگتا تھا جیسے اس نے اپنا سوال اونچی آواز میں پوچھا ہو۔

et un instant plus tard, il fut hors de vue

اور ایک اور لمحے میں وہ نظروں سے اوجھل ہو گیا۔

Alice resta pensivement à regarder le champignon

ایلس سوچ سمجھ کر مشروم کی طرف دیکھتی رہی

Elle essayait de distinguer quels étaient les deux côtés du champignon

وہ یہ جاننے کی کوشش کر رہی تھی کہ مشروم کے دو رخ کون سے تھے۔

Enfin, elle étendit ses bras autour du champignon

آخر کار اس نے مشروم کے گرد اپنے بازو پھیلائے۔

Et elle cassa un peu les bords

اور اس نے کناروں کا تھوڑا سا حصہ توڑ دیا

« Et maintenant, de quel côté est-ce ? » se dit-elle

"اور اب کون سی طرف ہے؟" اس نے خود سے کہا۔

et elle grignota un peu du mors de la main droite

اور اس نے دائیں ہاتھ کے ٹکڑے میں سے تھوڑا سا جھٹکا دیا۔

L'instant d'après, elle sentit un violent coup sous son menton

اگلے ہی لمحے اس نے اپنی ٹھوڑی کے نیچے ایک پرتشدد جھٹکا محسوس کیا۔

Son menton avait heurté son pied !

اس کی ٹھوڑی اس کے پاؤں سے ٹکرائی تھی!

Elle fut bien effrayée par ce changement très soudain

وہ اس اچانک تبدیلی سے بہت خوفزدہ تھی

Elle rétrécissait très rapidement

وہ بہت تیزی سے سکڑ رہا تھا

Alors elle a rapidement mangé un peu de l'autre morceau de champignon

لہذا اس نے جلدی سے مشروم کا کچھ دوسرا ٹکڑا کھا لیا۔

Son menton était très serré contre son pied

اس کی ٹھوڑی اس کے پاؤں پر بہت قریب سے دبی ہوئی تھی۔

Il y avait à peine de la place pour ouvrir la bouche

اس کا منہ کھولنے کے لئے شاید ہی جگہ تھی

mais elle parvint enfin à ouvrir la bouche

لیکن آخر کار وہ اپنا منہ کھولنے میں کامیاب ہو گئی۔

et elle avala un morceau du mors de la main gauche

اور اس نے بائیں ہاتھ کے ٹکڑے کا ایک ٹکڑا نگل لیا۔

« Ma tête a enfin été libérée ! » dit Alice

"آخر کار میرا سر آزاد ہو گیا ہے "!ایلس نے کہا۔

Elle baissa les yeux sur elle-même

اس نے اپنے آپ کو نیچے دیکھا

mais tout ce qu'elle pouvait voir, c'était une immense longueur de cou

لیکن وہ صرف گردن کی ایک بہت بڑی لمبائی دیکھ سکتی تھی۔

Son cou semblait se dresser comme une tige

اس کی گردن ایک ڈنڈے کی طرح اٹھری تھی

et elle baissa les yeux sur une mer de feuilles vertes

اور اس نے سبز پتوں کے سمندر پر نظر ڈالی۔

« Où sont passées mes épaules ? »

"میرے کندھے کہاں پہنچ گئے ہیں؟"

« Et oh, mes pauvres mains, comment se fait-il que je ne puisse pas vous voir ? »

"اور اوہ، میرے بیچارے ہاتھ، میں تمہیں کیسے نہیں دیکھ سکتا؟"

Mais son cou avait un avantage

لیکن اس کی گردن کا ایک فائدہ تھا

Elle pouvait bouger la tête dans n'importe quelle direction

وہ اپنا سر کسی بھی سمت میں ہلا سکتی ہے

En fait, elle était comme un serpent

درحقیقت، وہ بالکل سانپ کی طرح تھا

Elle zigzague gracieusement, la tête baissée

اس نے بڑی خوبصورتی سے اپنا سر جھکا لیا

et elle remua la tête à travers les arbres

اور اس نے درختوں میں سے اپنا سر ہلایا

Mais elle entendit alors un sifflement aigu

لیکن پھر اس نے ایک تیز آواز سنی

Et elle tira rapidement la tête en arrière

اور اس نے جلدی سے اپنا سر پیچھے کھینچ لیا

Un gros pigeon lui avait volé au visage

ایک بڑا کبوتر اس کے چہرے پر اڑ گیا تھا

et le pigeon était violemment avec ses ailes

اور کبوتر اپنے پروں کے ساتھ زور زور سے تھا

« Serpent ! » cria le pigeon

"سانپ "!اکبوتر نے چیخ کر کہا۔

« Je ne suis pas un serpent ! » dit Alice avec indignation

"میں سانپ نہیں ہوں "!ایلس نے غصے سے کہا۔

« Laisse-moi tranquille ! »

"مجھے اکیلا چھوڑ دو"!

« J'ai essayé les racines des arbres »

"میں نے درختوں کی جڑیں آزمائی ہیں"

— Et j'ai essayé des haies, continua le pigeon

"اور میں نے ہیج لگانے کی کوشش کی ہے، "کبوتر نے آگے بڑھایا۔

« Mais ces serpents ! Il n'y a pas moyen de leur plaire !

"لیکن وہ سانپ !انہیں خوش کرنے کی کوئی بات نہیں ہے"!

Alice était de plus en plus perplexe

ایلس زیادہ سے زیادہ حیران تھی

« Comme si ce n'était pas assez compliqué de faire éclore les
œufs », a déclaré le pigeon

کبوتر نے کہا،" جیسے انڈے اگانے میں کافی پریشانی نہ ہو۔

« Nuit et jour, je dois aussi faire attention aux serpents ! »

"رات اور دن مجھے سانپوں کی بھی تلاش کرنی پڑتی ہے"!

« Je venais de trouver l'arbre le plus haut de la forêt »

"مجھے ابھی جنگل میں سب سے اونچا درخت ملا تھا"

« Je serais sûrement libre des serpents ici ? »

"کیا میں یہاں سانپوں سے آزاد ہو جاؤں گا؟"

« Et un serpent sort du ciel ! »

"اور آسمان سے ایک سانپ نکلتا ہے"!

« Mais je ne suis pas un serpent, je vous le dis ! » dit Alice

"لیکن میں سانپ نہیں ہوں، میں تمہیں بتاتی ہوں "!ایلس نے کہا۔

"Je suis un... Je suis un... Je suis une petite fille, ajouta-t-elle
d'un air un peu dubitatif

"میں ایک ہوں ...میں ایک ہوں ... میں ایک چھوٹی سی لڑکی ہوں، "اس
نے شک سے کہا۔

Après tout, elle avait traversé beaucoup de changements

آخر کار وہ بہت سی تبدیلیوں سے گزر رہی تھی

« Tu cherches des œufs », dit le pigeon

"تم انڈے ڈھونڈ رہے ہو۔ "کبوتر نے کہا۔

« Je le sais pertinemment »

"میں یہ ایک حقیقت کے لئے جانتا ہوں"

« Et qu'importe que vous soyez une petite fille ou un serpent ? »

"اور اس سے کیا فرق پڑتا ہے کہ تم چھوٹی لڑکی ہو یا سانپ؟"

— Cela m'importe beaucoup, dit Alice à la hâte

"یہ میرے لئے ایک اچھا معاہدہ ہے، "ایلس نے جلدی سے کہا

« mais je ne cherche pas d'œufs, en l'occurrence »

"لیکن میں انڈوں کی تلاش میں نہیں ہوں، جیسا کہ ہوتا ہے"

« et je ne voudrais pas de tes œufs de toute façon »

"اور میں ویسے بھی آپ کے انڈے نہیں چاہتا"

« Je n'aime pas mes œufs crus »

"مجھے اپنے انڈے کچے پسند نہیں ہیں"

« Eh bien, allez-vous-en ! » dit le pigeon d'un ton boudeur

"ٹھیک ہے، پھر چلے جاؤ "!اکبوتر نے مضحکہ خیز لہجے میں کہا۔

et le pigeon se posa de nouveau dans son nid

اور کبوتر دوبارہ اپنے گھونسلے میں بس گیا۔

Alice s'accroupit parmi les arbres du mieux qu'elle put

ایلس درختوں کے درمیان اتنی ہی جھک گئی جتنی وہ کر سکتی تھی

Son cou ne cessait de s'emmêler parmi les branches

اس کی گردن شاخوں کے درمیان الجھتی رہی

De temps en temps, elle devait s'arrêter et se tordre le cou

ہر بار اسے رکنا پڑتا تھا اور اپنی گردن اتارنی پڑتی تھی۔

Au bout d'un moment, elle se souvint du champignon

تھوڑی دیر کے بعد اسے مشروم یاد آیا

Elle tenait toujours les morceaux de champignon dans ses mains

وہ اب بھی مشروم کے ٹکڑوں کو اپنے ہاتھوں میں تھامے ہوئے تھی

et elle se mit à l'œuvre avec beaucoup de soin

اور اس نے بہت احتیاط سے کام کرنے کا فیصلہ کیا

D'abord, elle a grignoté un morceau

سب سے پہلے وہ ایک ٹکڑے پر جھک گئی

puis elle grignota l'autre morceau

اور پھر اس نے دوسرے ٹکڑے پر ہاتھ پھیرا۔

Parfois, elle grandissait

کبھی کبھی وہ لمبا ہو جاتا ہے

et parfois elle devenait plus petite

اور کبھی کبھی وہ چھوٹا ہو جاتا ہے

Mais finalement, elle a atteint sa taille habituelle

لیکن آخر کار اس نے اپنا معمول کا قد حاصل کر لیا

Elle n'avait pas été de sa taille depuis un certain temps

وہ کچھ عرصے سے اپنا قد نہیں تھا

Tout m'a semblé étrange pendant un moment

تو کچھ دیر کے لئے سب کچھ عجیب محسوس ہوا

« La prochaine chose à faire est d'entrer dans ce beau
jardin »

"اگلی چیز اس خوبصورت باغ میں داخل ہونا ہے"

« Comment cela se fera-t-il, je me demande ? »

"یہ کیسے کیا جائے، مجھے حیرت ہے؟"

En disant cela, elle tomba sur un endroit ouvert

یہ کہتے ہی وہ ایک کھلی جگہ پر آ گئی۔

Il y avait une petite maison, un peu plus haute qu'un mètre

ایک چھوٹا سا گھر تھا، جو ایک میٹر سے تھوڑا سا اونچا تھا۔

« Je me demande qui habite cette petite maison »

"مجھے حیرت ہے کہ اس چھوٹے سے گھر میں کون رہتا ہے"

« Je ne peux certainement pas y aller aussi grand que je le
suis »

"میں یقینی طور پر اتنا بڑا نہیں جا سکتا جتنا میں ہوں"

« Je les effrayerais terriblement ! »

"میں انہیں بہت ڈرا دوں گا"!

alors elle grignota à nouveau le petit champignon

اس لیے وہ ایک بار پھر ننھے مشروم کو دیکھ کر ہنسنے لگی۔

et bientôt elle s'abaissa de trente centimètres

اور جلد ہی اس نے اپنے آپ کو تیس سینٹی میٹر نیچے لا لیا۔

Un cochon et du poivre

ایک اور کچھ کالی مرچ

Pendant une minute ou deux, elle resta à regarder la maison

ایک یا دو منٹ تک وہ گھر کی طرف دیکھتی رہی۔

Soudain, un valet de pied sortit en courant des bois

اچانک ایک پیدل چلنے والا جنگل سے بھاگتا ہوا آیا۔

Il portait un uniforme de livrée spécial

اس نے ایک خاص لیوری یونیفارم پہنا ہوا تھا

à en juger par son seul visage, elle l'aurait traité de poisson

صرف اس کے چہرے کو دیکھتے ہوئے، وہ اسے مچھلی کہتی

et il frappa bruyamment à la porte avec ses jointures

اور اس نے زور زور سے دروازے پر اپنی انگلیوں سے ہاتھ پھیرا۔

La porte fut ouverte par un autre valet de pied

دروازہ ایک اور پیدل آدمی نے کھولا

Ce valet de pied portait également une livrée spéciale

اس پیدل آدمی نے بھی ایک خاص لباس پہنا ہوا تھا

Ce valet de pied avait un visage rond et de grands yeux comme une grenouille

اس پیدل آدمی کا چہرہ گول تھا اور مینڈک کی طرح بڑی آنکھیں تھیں۔

C'est le valet de pied qui ressemblait à un poisson qui a
initié la cérémonie

مچھلی کی طرح نظر آنے والے فٹ مین نے تقریب کا آغاز کیا

Il sortit quelque chose de sous son bras

اس نے اپنے بازو کے نیچے سے کچھ نکالا

et il tira de dessous son bras une enveloppe

اور اس نے اپنے بازو کے نیچے سے ایک لفافہ نکالا۔

et cette enveloppe, il la remit à l'autre valet de pied

اور یہ لفافہ اس نے دوسرے پیدل آدمی کے حوالے کر دیا۔

D'un ton cérémoniel, il lui donna les ordres

رسمی لہجے میں اس نے اسے احکامات سے آگاہ کیا۔

« Ce message s'adresse à la duchesse »

"یہ پیغام ڈچز کے لئے ہے"

« Une invitation de la reine à jouer au croquet »

"ملکہ کی طرف سے کروکیٹ کھیلنے کی دعوت"

Le valet de pied qui ressemblait à une grenouille répéta
l'ordre

مینڈک کی طرح نظر آنے والے فٹ مین نے حکم دہرایا

« De la reine »

"ملکہ کی طرف سے"

« Une invitation »

"ایک دعوت"

« pour la duchesse »

"ڈچز کے لئے"

« Jouer au croquet »

"کروکیٹ کھیلنا"

Puis ils s'inclinèrent tous les deux

پھر وہ دونوں جھک گئے۔

et les boucles de leurs perruques s'emmêlèrent

اور ان کی وگوں میں موجود کرل ایک دوسرے میں الجھ گئے۔

Bientôt, le valet de pied qui ressemblait à un poisson a
disparu

جلد ہی مچھلی کی طرح نظر آنے والا پیدل آدمی چلا گیا

Mais le valet de pied qui ressemblait à une grenouille était
toujours là

لیکن وہ پیدل آدمی جو مینڈک کی طرح لگ رہا تھا اب بھی وہیں تھا

Il était assis par terre près de la porte

وہ دروازے کے قریب زمین پر بیٹھا تھا

Il regardait bêtement le ciel

وہ احمقانہ انداز میں آسمان کی طرف دیکھ رہا تھا

Alice s'approcha timidement de la porte et frappa

ایلس ڈرتے ہوئے دروازے کی طرف بڑھی اور دستک دی۔

— Il ne sert à rien de frapper, dit le valet de pied

"دستک دینے کا کوئی فائدہ نہیں ہے، "فٹ مین نے کہا۔

« Et ce, pour deux raisons »

"اور اس کی دو وجوہات ہیں"

« D'abord, parce que je suis du même côté de la porte que toi »

"سب سے پہلے، کیونکہ میں دروازے کے ایک ہی طرف ہوں جیسا کہ آپ ہیں"

« Deuxièmement, parce qu'ils font tellement de bruit à l'intérieur »

"دوسری وجہ یہ ہے کہ وہ اندر سے بہت شور مچا رہے ہیں"

« Personne ne pouvait vous entendre »

"شاید کوئی آپ کو سن نہیں سکتا"

Et il y avait certainement un bruit des plus extraordinaires à l'intérieur

اور یقینی طور پر اندر ایک انتہائی غیر معمولی شور چل رہا تھا۔

des hurlements et des éternuements constants

مسلسل چیخنا اور چھینکنا

et de temps en temps un bruit de grand fracas

اور ہر بار بڑے حادثے کی آواز آتی رہتی ہے۔

comme si un plat ou une bouilloire avait été brisé en morceaux

گویا کوئی ڈش یا کیتلی ٹوٹ کر ٹکڑے ٹکڑے ہو گئی ہو۔

« Comment vais-je entrer ? » demanda Alice

"میں اندر کیسے جاؤں؟ "ایلس نے پوچھا۔

— Faut-il que tu entres ? dit le valet de pied

"کیا آپ کو اندر جانا چاہیے؟ "پیدل چلنے والے نے کہا۔

« C'est la première question, vous savez »

"یہ پہلا سوال ہے، آپ جانتے ہیں"

Alice ouvrit la porte et entra

ایلس نے دروازہ کھولا اور اندر چلی گئی

La porte menait directement à une grande cuisine

دروازہ سیدھا ایک بڑے باورچی خانے کی طرف جاتا ہے

La cuisine était pleine de fumée d'un bout à l'autre

باورچی خانہ ایک سرے سے دوسرے سرے تک دھوئیں سے بھرا ہوا تھا

au milieu de la cuisine se trouvait la duchesse

باورچی خانے کے وسط میں ڈچز تھیں۔

Elle était assise sur un tabouret à trois pieds

وہ تین ٹانگوں والے سٹول پر بیٹھی تھی

et elle allaitait un bébé

اور وہ ایک بچے کو دودھ پلا رہی تھی

Le cuisinier était penché au-dessus du feu

باورچی آگ کے اوپر جھکا ہوا تھا

Il remuait un grand chaudron

وہ ایک بڑے کیلڈرون کو ہلا رہا تھا

et le chaudron semblait être plein de soupe

اور کیلڈرن سوپ سے بھرا ہوا لگ رہا تھا

« Il y a certainement trop de poivre dans cette soupe ! » Alice se dit

"اس سوپ میں یقیناً بہت زیادہ کالی مرچ ہے !"ایلس نے اپنے آپ سے کہا

Elle l'a dit du mieux qu'elle a pu sans éternuer

اس نے چھینک کے بغیر یہ سب سے بہتر کہا

Même la duchesse éternuait de temps en temps

یہاں تک کہ ڈچز کو بھی کبھی کبھار چھینک آتی تھی

Mais les actions du bébé étaient les plus remarquables

لیکن بچے کے اعمال سب سے زیادہ قابل ذکر تھے

Le bébé éternuait et hurlait alternativement

بچہ باری باری سے چھینک رہا تھا اور چیخ رہا تھا

Il n'y avait pas un instant de pause entre les hurlements et les éternuements

چیخنے اور چھینکنے کے درمیان ایک لمحے کا بھی وقفہ نہیں تھا۔

Il y avait deux créatures dans la cuisine qui n'éternuaient pas

باورچی خانے میں دو جانور تھے جنہیں چھینک نہیں آئی

Le cuisinier était trop occupé pour éternuer

باورچی چھینکنے میں اتنا مصروف تھا

et le gros chat ne semblait pas se soucier du poivre

اور بڑی بلی کو کالی مرچ پر کوئی اعتراض نہیں تھا

Au lieu de cela, le gros chat souriait d'une oreille à l'autre

اس کے بجائے، بڑی بلی کان سے کان تک مسکرا رہی تھی

— Pourriez-vous me le dire, s'il vous plaît, dit Alice un peu timidement

"براہ مہربانی آپ مجھے بتائیں گے؟ "ایلس نے تھوڑا سا ڈرتے ہوئے کہا۔

« Pourquoi ton chat sourit-il comme ça ? »

"تمہاری بلی اس طرح کیوں ہنس رہی ہے؟"

« C'est un Cheshire-Cat, » dit la duchesse

"یہ چیشائر بلی ہے، "ڈچز نے کہا

« Et c'est pourquoi il sourit d'une oreille à l'autre »

"اور یہی وجہ ہے کہ وہ کان سے کان تک مسکرا رہا ہے"

« Je ne savais pas qu'un Cheshire-Cat souriait toujours »

"مجھے نہیں معلوم تھا کہ چیشائر بلی ہمیشہ مسکراتی ہے"

« En fait, je ne savais pas que les chats pouvaient sourire », a déclaré Alice

ایلس نے کہا،" درحقیقت، میں نہیں جانتی تھی کہ بلیاں مسکرا سکتی ہیں۔

— Il y a beaucoup de choses que vous ne savez pas, dit la duchesse

ڈچز نے کہا ،" بہت کچھ ہے جو آپ نہیں جانتے ہیں۔

« Il y a beaucoup de choses que vous ne savez pas et c'est un fait »

"بہت کچھ ہے جو آپ نہیں جانتے ہیں اور یہ ایک حقیقت ہے"

Juste à ce moment-là, le cuisinier retira le chaudron de soupe du feu

تبھی باورچی نے سوپ کا کیلڈرن آگ سے اتار دیا

et aussitôt, elle commença à jeter tout ce qui était à sa portée

اور فوراً ہی اس نے سب کچھ اپنی دسترس میں ڈالنا شروع کر دیا۔

elle jeta tout ce qu'elle put sur la duchesse et le bébé

اس نے ڈچز اور بچی پر وہ سب کچھ پھینک دیا جو وہ کر سکتی تھی

D'abord, elle jeta les fers à feu

سب سے پہلے اس نے آگ کا لوہا پھینکا

Puis elle a jeté une poignée de casseroles

پھر اس نے مٹھی بھر چٹیاں پھینک دیں

et enfin elle jeta les assiettes et les plats

اور آخر کار اس نے پلیٹیں اور برتن پھینک دیے

La duchesse ne fit pas attention à elle

ڈچز نے اس کا کوئی نوٹس نہیں لیا

Même lorsqu'elle a été frappée par une assiette, elle ne s'est pas inquiétée

یہاں تک کہ جب وہ پلیٹ سے ٹکرائی تو بھی اس نے فکر نہیں کی۔

Le bébé hurlait déjà tellement

بچہ پہلے ہی اتنا چیخ رہا تھا

Il était donc impossible de dire si les coups blessaient le bébé ou non

لہٰذا یہ کہنا ناممکن تھا کہ آیا وار بچے کو نقصان پہنچاتے ہیں یا نہیں۔

« Oh, je vous en prie, faites attention à ce que vous faites ! » s'écria Alice

"اوہ، براہ مہربانی یاد رکھیں کہ آپ کیا کر رہے ہیں "!ایلس نے چیخ کر کہا۔

et elle sautait de haut en bas dans une agonie de terreur

اور وہ خوف کی اذیت میں اوپر نیچے کود پڑی

la duchesse offrit le bébé à Alice

ڈچز نے ایلس کو بچے کی پیش کش کی

« Ici ! Tu peux allaiter un peu le bébé, si tu veux ! »

"یہاں !اگر آپ چاہیں تو آپ بچے کو تھوڑا سا دودھ پلا سکتے ہیں"!

et elle lui lança l'enfant tout en parlant

اور بولتے ہوئے اس نے بچے کو اس کی طرف پھینک دیا

« Je dois aller me préparer à jouer au croquet avec la reine »

"مجھے جانا چاہئے اور ملکہ کے ساتھ کروکیٹ کھیلنے کے لئے تیار ہونا چاہئے"

et elle se hâta de sortir de la chambre

اور وہ جلدی سے کمرے سے باہر نکل گئی

Alice attrapa le bébé avec quelque difficulté

ایلس نے بچے کو کچھ مشکل سے پکڑ لیا

parce que c'était une petite créature de forme très étrange

کیونکہ یہ ایک بہت ہی عجیب شکل کی چھوٹی مخلوق تھی

et l'enfant tendit les bras et les jambes dans toutes les directions

اور بچے نے اپنے ہاتھ اور ٹانگیں چاروں طرف سے پکڑ یں۔

« Je ferais mieux d'emmener cet enfant avec moi », pensa

Alice

"بہتر ہے کہ میں اس بچے کو اپنے ساتھ لے جاؤں۔ "ایلس نے سوچا۔

« Ils sont sûrs de tuer ce bébé dans un jour ou deux »

"وہ یقینی طور پر ایک یا دو دن میں اس بچے کو مار دیں گے "

« Ne serait-ce pas un meurtre de laisser ce bébé derrière soi ? »

"کیا اس بچے کو پیچھے چھوڑ دینا قتل نہیں ہوگا؟"

Elle prononça les derniers mots à haute voix

اس نے آخری الفاظ بلند آواز میں کہے

Et la petite créature grogna en réponse

اور چھوٹی سی بات جواب میں گونج اٹھی۔

« Tu ferais mieux de ne pas te transformer en cochon, ma chère, » dit Alice

"بہتر ہے کہ تم نہ بن جاؤ، میرے پیارے، "ایلس نے کہا۔

« ou alors je n'aurai plus rien à faire avec toi »

"ورنہ مجھے تم سے زیادہ کچھ لینا دینا نہیں ہوگا۔"

Alice commençait à peine à penser en elle-même :

ایلس نے ابھی اپنے آپ کو سوچنا شروع کیا تھا:

« Maintenant, que vais-je faire de cette créature, quand je la ramène à la maison ? »

"اب، میں اس مخلوق کا کیا کروں، جب میں اسے گھر لاؤں گا؟"

Mais alors la petite créature grogna un peu violemment

لیکن پھر چھوٹی سی مخلوق نے تھوڑا زور سے چیخا۔

et Alice baissa les yeux sur son visage avec une certaine inquiétude

اور ایلس نے کچھ خطرے میں اس کے چہرے کو دیکھا۔

Cette fois, il ne pouvait y avoir d'erreur à ce sujet

اس بار اس کے بارے میں کوئی غلطی نہیں ہو سکتی ہے

Ce n'était ni plus ni moins qu'un cochon

یہ نہ تو ایک سے زیادہ تھا اور نہ ہی کم

alors elle déposa la petite créature

تو اس نے چھوٹی مخلوق کو نیچے اتار دیا

et la petite créature s'éloigna tranquillement dans le bois

اور چھوٹی سی مخلوق خاموشی سے لکڑی میں گھس گئی

Alice se sentit tout à fait soulagée de voir la créature partir

ایلس نے اس مخلوق کو جاتے دیکھ کر کافی راحت محسوس کی

Alice fut un peu surprise en voyant le Chat-Cheshire

ایلس چیشائر بلی کو دیکھ کر تھوڑا سا حیران رہ گئی

Il était assis sur une branche d'arbre à quelques mètres de là

وہ چند گز کی دوری پر ایک درخت کے کنارے بیٹھا ہوا تھا۔

Le chat ne sourit que lorsqu'il la vit

بلی اسے دیکھ کر صرف مسکرائی

« Chat du Cheshire », commença Alice un peu timidement

"چیشائر بلی"، ایلس نے ڈرپوک انداز میں شروع کیا۔

« Pourriez-vous s'il vous plaît me dire dans quelle direction
je dois aller à partir d'ici ? »

"کیا آپ مجھے بتائیں گے کہ مجھے یہاں سے کس طرف جانا چاہیے؟"

« Dans cette direction », dit le chat

"اس سمت میں، "بلی نے کہا۔

et il agita la patte droite

اور اس نے دائیں پنجے کو چاروں طرف لہرایا

« C'est dans cette direction que vit un fabricant de
chapeaux »

"اس سمت میں ٹوپیاں بنانے والا رہتا ہے"

puis le chat agita son autre patte

اور پھر بلی نے اپنا دوسرا پنجہ ہلایا

« Et dans cette direction vit un lièvre de marche »

"اور اس سمت میں ایک مارچ خرگوش رہتا ہے"

« Visitez l'un ou l'autre de vos goûts ; Ils sont tous les deux
fous"

"یا تو آپ چاہیں ملاحظہ کریں۔ وہ دونوں پاگل ہیں"

— Mais je ne veux pas aller parmi des fous, remarqua Alice

"لیکن میں پاگل لوگوں کے درمیان نہیں جانا چاہتی، "ایلس نے تبصرہ
کیا

« Oh, tu ne peux pas t'en empêcher, » dit le Chat

"اوہ، تم اس کی مدد نہیں کر سکتے۔ "بلی نے کہا۔

« Nous sommes tous fous ici »

"ہم سب یہاں پاگل ہیں"

« Tu joues au croquet avec la reine aujourd'hui ? »

"کیا تم آج ملکہ کے ساتھ کھیل رہے ہو؟"

— J'aimerais beaucoup, dit Alice

"میں بہت چاہتا ہوں، "ایلس نے کہا۔

« mais je n'ai pas encore été invité »

"لیکن مجھے ابھی تک مدعو نہیں کیا گیا ہے"

« Tu me verras là-bas », dit le Chat

"تم مجھے وہاں دیکھو گے۔ "بلی نے کہا۔

et d'un instant à l'autre le chat disparaissait

اور ایک لمحے سے دوسرے لمحے تک بلی غائب ہو گئی۔

bientôt Alice arriva en vue de la maison du lièvre de marche

جلد ہی ایلس نے مارچ خرگوش کے گھر کو دیکھا

C'était une très grande maison

یہ ایک بہت بڑا گھر تھا

alors Alice ne voulait pas s'approcher de la maison

لہٰذا ایلس گھر کے قریب نہیں جانا چاہتی تھی۔

D'abord, elle a dû grignoter un peu plus du morceau de champignon du côté gauche

سب سے پہلے اسے مشروم کے بائیں طرف کے کچھ اور ٹکڑے کو دبانا پڑا۔

Un thé fou

ایک پاگل چائے کی پارٹی

Devant la maison, il y avait un arbre

گھر کے سامنے ایک درخت تھا

et sous l'arbre, il y avait une table

اور درخت کے نیچے ایک میز تھی

et la table était dressée avec toutes sortes de couverts

اور میز کو ہر طرح کی کٹلری کے ساتھ سیٹ کیا گیا تھا۔

Le lièvre de mars et le chapelier étaient à table

مارچ خرگوش اور ٹوپی بنانے والا میز پر تھے

et ensemble ils prenaient le thé

اور وہ ایک ساتھ چائے پی رہے تھے

Un loir était assis entre eux

ان کے درمیان ایک ڈورماؤس بیٹھا تھا۔

et le loir dormait profondément

اور ڈورماؤس گہری نیند میں تھا

La table était d'une taille extraordinaire

میز غیر معمولی سائز کی تھی

mais la majeure partie de la table était inoccupée

لیکن میز کا زیادہ تر حصہ خالی تھا

Ils étaient assis serrés les uns contre les autres dans un coin
de la table

وہ میز کے ایک کونے پر ایک ساتھ بیٹھ گئے۔

et pourtant ils s'excusaient quand ils voyaient Alice

اور پھر بھی جب انہوں نے ایلس کو دیکھا تو عذر پیش کیے۔

« Pas de place ! Pas de place ! » crièrent-ils

"کوئی کمرہ نہیں !کوئی جگہ نہیں "!وہ چیخ پڑے۔

« Il y a beaucoup de place ! » dit Alice avec indignation

"کافی جگہ ہے "!ایلس نے غصے سے کہا۔

À l'une des extrémités de la table, il y avait un grand
fauteuil

میز کے ایک سرے پر ایک بڑی بازو کی کرسی تھی۔

et Alice s'assit dans le fauteuil

اور ایلس خود کرسی پر بیٹھ گئی

Le chapelier ouvrit de grands yeux

ٹوپی بنانے والے نے اپنی آنکھیں بہت وسیع کھول دیں

Il n'arrivait pas à croire ce qu'il voyait

وہ یقین نہیں کر سکتا تھا کہ وہ کیا دیکھ رہا تھا

Mais son esprit était curieux d'autres choses

لیکن اس کا ذہن دوسری چیزوں کے بارے میں متجسس تھا۔

« Pourquoi un corbeau est-il comme un bureau ? »

"ایک ریون لکھنے کی میز کی طرح کیوں ہوتا ہے؟"

Alice était prête à relever le défi

ایلس چیلنج کے لئے کھلا تھا

« Je suis content qu'ils aient commencé à poser des énigmes »

"مجھے خوشی ہے کہ انہوں نے پہیلیاں پوچھنا شروع کر دی ہیں"

— Je crois que je peux le deviner, ajouta-t-elle à haute voix

"مجھے یقین ہے کہ میں اس کا اندازہ لگا سکتی ہوں، "اس نے اونچی آواز میں کہا

Le lièvre de mars s'est curieux de connaître Alice

مارچ خرگوش ایلس کے بارے میں متجسس ہو گیا

« Pensez-vous vraiment que vous pouvez trouver la réponse ? »

"کیا آپ واقعی سوچتے ہیں کہ آپ کو جواب مل سکتا ہے؟"

— Je crois que je peux trouver la réponse, en effet, dit Alice

"مجھے لگتا ہے کہ مجھے واقعی اس کا جواب مل سکتا ہے ، "ایلس نے کہا۔

« Alors, tu devrais dire ce que tu veux dire », continua le lièvre de marche

"پھر آپ کو کہنا چاہیے کہ آپ کا کیا مطلب ہے، "مارچ خرگوش آگے بڑھا۔

— Je dis ce que je pense, répondit vivement Alice

"میں وہی کہتی ہوں جو میرا مطلب ہے۔ "ایلس نے عجلت میں جواب دیا۔

« à tout le moins, je pense ce que je dis »

"کم از کم میرا مطلب یہ ہے کہ میں کیا کہتا ہوں"

« C'est la même chose, vous savez »

"یہ ایک ہی چیز ہے، آپ جانتے ہیں"

Le loir a également contribué à la conversation

ڈورماؤس نے بھی گفتگو میں حصہ لیا

mais le loir semblait parler dans son sommeil

لیکن ایسا لگتا تھا کہ ڈورماؤس نیند میں بات کر رہا تھا

« Je respire quand je dors »

"جب میں سوتا ہوں تو سانس لیتا ہوں"

« Je dors quand je respire ! »

"جب میں سانس لیتا ہوں تو سوتا ہوں"!

« Autant dire qu'ils sont les mêmes aussi »

"آپ یہ بھی کہہ سکتے ہیں کہ وہ بھی ایک جیسے ہیں"

« C'est la même chose pour toi », dit le chapelier

ٹوپی بنانے والے نے کہا ،" آپ کے ساتھ بھی ایسا ہی ہے۔

Et il versa un peu de thé sur le nez du loir

اور اس نے ڈورماؤس کی ناک پر تھوڑی سی چائے ڈال دی۔

Le Loir secoua la tête avec impatience

ڈورماؤس نے بے صبری سے اپنا سر ہلایا

et le loir parla de nouveau, sans ouvrir les yeux

اور ایک بار پھر ڈورماؤس اپنی آنکھیں کھولے بغیر بولا

« Bien sûr, bien sûr que c'est la même chose »

"یقینا، یقینا یہ ایک ہی ہے"

« C'est juste ce que j'allais dire moi-même »

"یہ وہی ہے جو میں خود کہنے جا رہا تھا"

Le chapelier se tourna vers Alice et lui posa une autre question

ٹوپی بنانے والے نے ایلس کی طرف رخ کیا اور ایک اور سوال پوچھا

« As-tu déjà deviné l'énigme ? »

"کیا تم نے ابھی تک اس پہیلی کا اندازہ لگایا ہے؟"

« Non, j'abandonne », a concédé Alice

"نہیں، میں ہار مان لیتی ہوں۔ "ایلس نے اعتراف کیا۔

« Quelle est la réponse ? » voulait-elle savoir

"اس کا کیا جواب ہے؟ "وہ جاننا چاہتی تھی۔

— Je n'en ai pas la moindre idée, dit le chapelier

ٹوپی بنانے والے نے کہا،" مجھے ذرا سا بھی اندازہ نہیں ہے۔

« Moi non plus, » dit le lièvre de marche

"مجھے بھی نہیں معلوم، "مارچ کے خرگوش نے کہا۔

Alice poussa un soupir de lassitude

ایلس نے تھکی ہوئی آہ بھری

« Il y a de meilleures utilisations du temps que des énigmes sans réponses »

"جوابات کے بغیر پہیلیوں کے مقابلے میں وقت کا بہتر استعمال ہے "

« Prends encore du thé », dit le lièvre de marche à Alice, très sérieusement

"کچھ اور چائے پی لو، "مارچ کے خرگوش نے بہت خلوص سے ایلس سے کہا۔

Alice était assez offensée par l'offre

ایلس اس پیشکش سے کافی ناراض تھی

— Je n'ai pas encore pris de thé, répondit Alice

"میں نے ابھی تک چائے نہیں پی ہے۔ "ایلس نے جواب دیا۔

« donc je ne peux plus prendre de thé »

"اس لیے میں مزید چائے نہیں پی سکتا۔

— Vous voulez dire que vous ne pouvez pas prendre moins de thé, dit le chapelier

"آپ کا مطلب ہے کہ آپ کم چائے نہیں پی سکتے، "ٹوپی بنانے والے نے کہا۔

« C'est très facile de prendre plus que rien »

"کچھ بھی نہیں سے زیادہ لینا بہت آسان ہے "

À ces mots, Alice se leva et s'en alla

یہ سن کر ایلس اٹھ کر چلی گئی۔

Le loir s'endormit instantanément

ڈورماؤس فوری طور پر سو گیا

et ni l'un ni l'autre ne firent la moindre attention à son départ

اور دوسروں میں سے کسی نے بھی اس کے جانے پر دھیان نہیں دیا۔

bien qu'elle ait regardé en arrière une ou deux fois

اگرچہ اس نے ایک یا دو بار پیچھے مڑ کر دیکھا

Ils essayaient de mettre le loir dans la théière

وہ ڈورماؤس کو چائے کے برتن میں ڈالنے کی کوشش کر رہے تھے

« En tout cas, je n'y retournerai plus ! » dit Alice

"کسی بھی صورت میں، میں دوبارہ وہاں نہیں جاؤں گی !"ایلس نے کہا.

et elle se fraya un chemin à travers les bois

اور وہ جنگل میں سے گزرتا چلا گیا

« c'était le thé le plus stupide auquel j'aie jamais assisté »

"یہ سب سے احمقانہ چائے کی پارٹی تھی جس میں میں کبھی گیا ہوں"

Juste au moment où elle disait cela, elle remarqua quelque chose

جیسے ہی اس نے یہ کہا، اس نے کچھ محسوس کیا

L'un des arbres avait une porte qui y menait directement

درختوں میں سے ایک میں ایک دروازہ تھا جو اس کی طرف جاتا تھا۔

« C'est très intéressant ! » a-t-elle pensé

"یہ بہت دلچسپ ہے !"اس نے سوچا!

« Je pense que je peux aussi bien passer la porte »

"مجھے لگتا ہے کہ میں بھی دروازے سے گزر سکتا ہوں"

Et elle passa par la porte

اور دروازے سے وہ چلی گئی

Une fois de plus, elle se retrouva dans le long couloir

ایک بار پھر اس نے خود کو لمبے ہال میں پایا

de nouveau, elle était près de la petite table de verre

وہ ایک بار پھر شیشے کی چھوٹی سی میز کے قریب تھی

Elle prit la petite clé d'or

اس نے چھوٹی سی سنہری چابی لے لی

et elle ouvrit la porte qui donnait sur le jardin

اور اس نے باغ میں داخل ہونے والے دروازے کو کھول دیا۔

Puis elle s'est mise au travail pour grignoter le champignon

اس کے بعد وہ مشروم کی دیکھ بھال کرنے کا کام کرنے لگی

Elle avait gardé un morceau du champignon dans sa poche

اس نے مشروم کا ایک ٹکڑا اپنی جیب میں رکھا تھا

Et finalement, elle mesurait environ un mètre

اور آخر میں وہ تقریبا ایک میٹر لمبا تھا

Puis elle descendit le petit couloir

پھر وہ چھوٹی سی راہداری سے نیچے چلی گئی۔

Et puis elle s'est finalement retrouvée dans le magnifique jardin

اور پھر آخر کار اس نے خود کو خوبصورت باغ میں پایا

et elle était parmi les fleurs brillantes et les fontaines fraîches

اور وہ روشن پھولوں اور ٹھنڈے چشموں میں سے تھی

Le terrain de croquet de la reine

ملکہ کی کروکیٹ زمین

Un grand rosier se dressait près de l'entrée du jardin

باغ کے داخلی دروازے کے قریب ایک بڑا گلاب کا درخت کھڑا تھا

Les roses qui poussaient sur l'arbre étaient blanches

درخت پر اگنے والے گلاب سفید تھے

Mais il y avait trois jardiniers qui peignaient la rose

لیکن وہاں تین باغبان گلاب کی پینٹنگ کر رہے تھے

Ils étaient occupés à peindre les roses en rouge

وہ گلابوں کو سرخ رنگ میں رنگ رہے تھے

et Alice les regardait peindre les roses en rouge

اور ایلس انہیں گلاب کو سرخ رنگ میں رنگتے ہوئے دیکھ رہی تھی۔

et soudain leurs yeux tombèrent par hasard sur Alice

اور اچانک ان کی نظر ایلس پر پڑنے لگی۔

Alice parlait un peu timidement

ایلس نے تھوڑا سا ڈرپوک انداز میں کہا

« Pourriez-vous me le dire, s'il vous plaît ? »

"کیا آپ مجھے بتائیں گے ، براہ مہربانی۔"

« Pourquoi peignez-vous tous ces roses ? »

"تم سب ان گلابوں کو کیوں پینٹ کر رہے ہو؟"

cinq et sept ne dirent rien, mais regardèrent deux

پانچ اور سات نے کچھ نہیں کہا، لیکن دو کی طرف دیکھا

deux d'entre eux parlèrent à voix basse

دو نے دھیمی آواز میں بات کی

— Eh bien, le fait est, voyez-vous, madame.

"کیوں، حقیقت یہ ہے کہ آپ دیکھ رہے ہیں میڈم"

« Celui-ci aurait dû être un rosier rouge »

"یہ یہاں ایک سرخ گلاب کا درخت ہونا چاہئے تھا"

« Et nous avons mis un rosier blanc par erreur »

"اور ہم نے غلطی سے ایک سفید گلاب کا درخت لگا دیا۔

« Comme vous en conviendrez, la reine ne doit pas le découvrir »

"جیسا کہ آپ متفق ہیں، ملکہ کو پتہ نہیں ہونا چاہئے "

« Sinon, nous aurions tous la tête tranchée »

"ورنہ ہم سب کے سر کاٹ دیے جائیں گے"

« Alors vous voyez, madame, nous faisons de notre mieux »

"تو آپ دیکھیں میڈم، ہم اپنی پوری کوشش کر رہے ہیں۔

La cinquième carte avait regardé anxieusement à travers le jardin

کارڈ فائیو بے چینی سے باغ کی طرف دیکھ رہا تھا

À ce moment, la cinquième carte cria : « La dame ! La reine !

اس وقت کارڈ فائیو نے پکارا،" ملکہ !ملکہ"!

Et les trois jardiniers s'enfuirent aussitôt

اور تینوں باغبان فوری طور پر وہاں سے چلے گئے۔

et ils se jetèrent à plat ventre

اور انہوں نے اپنے آپ کو اپنے چہروں پر لٹکا دیا

Il y eut un bruit de nombreux pas

بہت سے قدموں کی آواز آئی

Alice regarda autour d'elle, impatiente de voir la reine

ایلس نے چاروں طرف دیکھا، ملکہ کو دیکھنے کے لئے بے تاب

Au début de la procession se trouvaient dix soldats

جلوس کے آغاز میں دس سپاہی موجود تھے۔

leurs mains et leurs pieds étaient dans les coins

ان کے ہاتھ اور پاؤں کونوں میں تھے

et dans leurs mains et leurs pieds étaient des massues

اور ان کے ہاتھوں اور پیروں میں کلب تھے

Venaient ensuite les dix courtisans

اس کے بعد دس درباری آئے۔

Les courtisans étaient partout ornés de diamants

درباریوں کو ہر طرف ہیروں سے سجایا گیا تھا۔

Après les courtisans sont venus les enfants royaux

درباریوں کے آنے کے بعد شاہی بچے آئے۔

Il y avait dix enfants royaux

شاہی بچوں میں سے دس تھے

et tous les enfants royaux étaient ornés de cœurs

اور تمام شاہی بچے دلوں سے زینت بنے ہوئے تھے۔

Venaient ensuite les invités ; principalement des rois et des reines

اس کے بعد مہمان آئے۔ زیادہ تر بادشاہ اور ملکہ

et parmi les rois et la reine, Alice vit quelqu'un

اور بادشاہوں اور ملکہ ایلس میں سے کسی کو دیکھا

Elle revit le lapin blanc qu'elle avait chassé

اس نے ایک بار پھر اس سفید خرگوش کو دیکھا جس کا اس نے تعاقب کیا تھا

Le cortège était suivi par le valet de cœur

جلوس کے بعد دلوں کی چادر چڑھائی گئی۔

Il portait la couronne du roi

وہ بادشاہ کا تاج اٹھائے ہوئے تھا

et la couronne du roi était sur un coussin de velours cramoisi

اور بادشاہ کا تاج سرخ رنگ کے مخمل کی تختی پر تھا۔

Et puis vint la fin de ce grand cortège

اور پھر اس عظیم الشان جلوس کا اختتام ہوا۔

Et là, à la fin, il y avait le Roi et la Reine de Cœur

اور آخر میں دلوں کا بادشاہ اور ملکہ تھا

le cortège arriva en face d'Alice

جلوس ایلس کے سامنے آیا

et ils s'arrêtèrent tous et la regardèrent

اور وہ سب رک گئے اور اس کی طرف دیکھنے لگے

et la reine dit sévèrement : « Qui est-ce ? »

اور ملکہ نے سخت لہجے میں کہا، "یہ کون ہے؟"

Elle l'a dit au Valet de Cœur

اس نے یہ بات دلوں کے کنوے سے کہی

Mais il s'est contenté de s'incliner et de sourire en réponse

لیکن وہ صرف جھک گیا اور جواب میں مسکرایا۔

Alice parla très poliment

ایلس نے بہت شائستگی سے بات کی

« Je m'appelle Alice, alors faites plaisir à Votre Majesté »

"میرا نام ایلس ہے، تو مہربانی کر کے اپنی عظمت۔"

Mais elle avait d'autres pensées pour elle-même

لیکن اس کے اپنے بارے میں کچھ اور ہی خیالات تھے

« Ce n'est qu'un jeu de cartes, après tout ! »

"وہ صرف تاش کا ایک پیکٹ ہیں، آخر کار"!

« Savez-vous jouer au croquet ? » cria la reine

"کیا تم کروکیٹ کھیل سکتے ہو؟ "ملکہ نے چیخ کر کہا۔

La question était évidemment destinée à Alice

یہ سوال واضح طور پر ایلس کے لئے تھا

— Oui ! dit Alice d'une voix forte

"ہاں"!ایلس نے اونچی آواز میں کہا۔

« Venez jouer alors ! » rugit la reine

"چلو پھر کھیلو "!ملکہ نے گڑگڑا کر کہا۔

une voix timide s'adressa à Alice

ایک ڈرپوک آواز ایلس سے بولی

« C'est une très belle journée ! »

"یہ بہت اچھا دن ہے "!

Elle se promenait près du lapin blanc

وہ سفید خرگوش کے پاس چل رہی تھی

et le Lapin Blanc jetait un coup d'œil anxieux sur son visage

اور سفید خرگوش بے چینی سے اس کے چہرے میں جھانک رہا تھا

« Une très belle journée, en effet, confirma Alice

"واقعی ایک بہت اچھا دن ہے، "ایلس نے تصدیق کی.

« Où est la duchesse ? »

"شہزادی کہاں ہے؟"

« Chut ! Chut ! dit le Lapin

"ہاں! ہوش "!خرگوش نے کہا۔

« Elle est sous le coup d'une sentence d'exécution »

"وہ پھانسی کی سزا کے تحت ہے"

« Pourquoi est-elle exécutée ? » demanda Alice

"اسے کس وجہ سے پھانسی دی جا رہی ہے ؟ "ایلس نے پوچھا۔

« Elle a éraflé les oreilles de la reine », commença le lapin

"اس نے ملکہ کے کانوں کو چوم لیا، "خرگوش نے شروع کیا۔

cria la reine d'une voix de tonnerre

ملکہ گرج کی آواز میں چیخی

« Retournez à vos endroits ! »

"اپنی جگہوں پر چلو "!

et les gens se mirent à courir dans toutes les directions

اور لوگ چاروں طرف دوڑنے لگے۔

et ils tombèrent tous les uns contre les autres

اور وہ سب ایک دوسرے کے خلاف اٹھ کھڑے ہوئے۔

Cependant, ils se sont calmés en une minute ou deux

تاہم، وہ ایک یا دو منٹ میں ٹھیک ہو گئے۔

Et puis le jeu a commencé

اور پھر کھیل شروع ہوا

Alice n'avait jamais vu un terrain de croquet aussi curieux

ایلس نے اس طرح کی عجیب و غریب زمین کبھی دیکھی نہیں تھی

L'herbe n'était que crêtes et sillons

گھاس تمام لکیریں اور خندقیں تھیں۔

Les boules de croquet étaient de vrais hérissons

کروکیٹ گیندیں حقیقی ہیج ہوگ تھیں

Et les maillets étaient de vrais flamants roses

اور میلیٹس حقیقی فلیمنگو تھے

et les soldats se tinrent sur leurs mains et leurs pieds

اور سپاہی اپنے ہاتھوں اور پیروں پر کھڑے ہو گئے۔

Parce que les arches ont été faites à partir de leurs corps

کیونکہ محرابیں ان کے جسم وں سے بنائی گئی تھیں۔

Les joueurs ont tous joué en même temps

تمام کھلاڑی ایک ساتھ کھیلتے ہیں

Personne n'attendait son tour

کسی نے اپنی باری کا انتظار نہیں کیا

et tout le monde se querellait avec tout le monde

اور سب نے سب سے جھگڑا کیا

et tous se battaient pour les hérissons

اور سب ہیج ہوگوں کے لئے لڑ رہے تھے

Bientôt, la reine fut dans une colère furieuse

جلد ہی ملکہ ایک غصے میں تھی

et elle s'est mise à piétiner et à crier

اور اس نے چاروں طرف مہر لگانا اور چیخنا شروع کر دیا۔

« Coupez-lui la tête ! »

"اس کا سر کاٹ دو"!

« Coupez-lui la tête ! »

"اس کا سر کاٹ دو"!

« Coupez-leur la tête ! »

"ان کے تمام سر کاٹ دو"!

De nouveau, Alice pensa en elle-même

ایلس نے ایک بار پھر اپنے آپ کو سوچا

« Ils sont affreusement friands de décapiter les gens ici »

"انہیں یہاں لوگوں کا سر قلم کرنے کا بہت شوق ہے"

« Ce qui est très étonnant, c'est qu'il reste quelqu'un en vie !
»

"سب سے بڑی حیرت کی بات یہ ہے کہ کوئی زندہ بچا ہے"!

Elle cherchait un moyen de s'échapper

وہ فرار کا کوئی راستہ تلاش کر رہی تھی

Elle remarqua une curieuse apparition dans l'air

اس نے ہوا میں ایک عجیب و غریب شکل دیکھی

« C'est le chat du Cheshire », se dit-elle

"یہ چیشائر بلی ہے،" اس نے خود سے کہا

« maintenant j'aurai quelqu'un à qui parler »

"اب میرے پاس بات کرنے کے لیے کوئی ہو گا"

« Comment vas-tu ? » dit le chat

"تم کیسے چل رہے ہو؟" بلی نے کہا۔

« Je ne pense pas qu'ils jouent du tout équitablement », a
déclaré Alice

"مجھے نہیں لگتا کہ وہ بالکل منصفانہ کھیلتے ہیں،" ایلس نے کہا.

et elle avait un ton plutôt plaintif

اور اس کے پاس شکایت کرنے والا لہجہ تھا

« Ils se querellent tous si affreusement »

"وہ سب بہت خوفناک جھگڑے کرتے ہیں"

« On ne s'entend pas parler »

"کوئی اپنے آپ کو بولتے ہوئے نہیں سن سکتا"

« Et ils ne semblent pas jouer selon des règles »

"اور ایسا لگتا ہے کہ وہ کسی بھی اصول کے مطابق نہیں کھیلتے ہیں"

le chat a posé une question à Alice à voix basse

بلی نے ایلس سے دھیمی آواز میں ایک سوال پوچھا

« Comment aimez-vous la reine ? »

"تمہیں ملکہ کیسی لگتی ہے؟"

— Je ne l'aime pas du tout, dit Alice

"میں اسے بالکل پسند نہیں کرتی۔ "ایلس نے کہا.

Alice pensa qu'elle ferait aussi bien d'y retourner

ایلس نے سوچا کہ وہ بھی واپس جا سکتی ہے

Elle voulait voir comment le match se passait

وہ دیکھنا چاہتا تھا کہ کھیل کیسے چل رہا ہے

Elle est partie à la recherche de son hérisson

وہ اپنے ہیج ہوگ کی تلاش میں نکل گئی

Le hérisson était occupé à combattre un autre hérisson

ہیج ہوگ ایک اور ہیج ہوگ سے لڑنے میں مصروف تھا

C'était une excellente occasion

یہ ایک بہترین موقع تھا

Elle pouvait croquer un hérisson avec l'autre

وہ ایک ہیج ہوگ کو دوسرے کے ساتھ جوڑ سکتی تھی۔

Mais son flamant rose était de l'autre côté du jardin

لیکن اس کا فلیمنگو باغ کے دوسری طرف تھا۔

Le flamant rose était plutôt maladroit

فلیمنگو بالکل بے حس تھا

Son flamant rose essayait de s'envoler dans un arbre

اس کا فلیمنگو ایک درخت میں اڑنے کی کوشش کر رہا تھا

Elle attrapa le flamant rose par la patte

اس نے فلیمنگو کو ٹانگ سے پکڑ لیا

Et elle glissa le flamant rose sous son bras

اور اس نے فلیمنگو کو اپنے بازو کے نیچے چھپا لیا۔

De cette façon, le flamant rose ne pouvait plus s'échapper

اس طرح فلیمنگو دوبارہ فرار نہیں ہو سکا

Juste à ce moment-là, Alice rencontra la duchesse

تبھی ایلس کی ملاقات ڈچز سے ہوئی۔

La duchesse était maintenant sortie de prison

ڈچز اب جیل سے باہر تھی

Elle glissa affectueusement son bras sous celui d'Alice

اس نے پیار سے اپنا بازو ایلس کے بازو کے نیچے رکھا

puis ils sont partis ensemble

اور پھر وہ ایک ساتھ چلے گئے

Alice était très heureuse de la trouver d'une humeur si agréable

ایلس اسے اتنے خوشگوار مزاج میں پا کر بہت خوش ہوئی۔

Elle était cependant un peu surprise

تاہم، وہ تھوڑا سا حیران تھا

Elle entendit la voix de la duchesse près de son oreille

اس نے اپنے کان کے قریب ڈچز کی آواز سنی

« Tu penses à quelque chose, ma chérie »

"تم کسی چیز کے بارے میں سوچ رہے ہو بیٹا۔"

« Et ça fait oublier de parler »

"اور اس سے آپ بات کرنا بھول جاتے ہیں"

« Le jeu se passe un peu mieux maintenant », a déclaré Alice

ایلس نے کہا،" کھیل اب بہتر ہو رہا ہے.

C'était une façon de poursuivre la conversation

یہ بات چیت کو جاری رکھنے کا ایک طریقہ تھا

— C'est vrai, dit la duchesse

"واقعی ایسا ہی ہے، "ڈچز نے کہا

« Et la morale de cela est la suivante : »

"اور اس کا اخلاقی پہلو یہ ہے" :

« C'est l'amour qui fait tout ! »

"یہ محبت ہے جو یہ سب کرتی ہے"!

« L'amour est ce qui fait tourner le monde »

"محبت وہ چیز ہے جو دنیا کو گھومنے پر مجبور کرتی ہے"

Alice avait une autre explication

ایلس کے پاس ایک اور وضاحت تھی

« C'est fait par tout le monde qui s'occupe de ses propres affaires ! »

"یہ ہر ایک کے ذریعہ کیا جاتا ہے جو اپنے کاروبار کو ذہن میں رکھتا

هے"!

— Ah ! Vous pourriez avoir raison"

"اوہ، ٹھیک ہے !آپ صحیح ہو سکتے ہیں"

— Tout cela signifie à peu près la même chose, dit la duchesse

ڈچز نے کہا،" یہ سب ایک ہی چیز کا مطلب ہے.

et elle enfonça son petit menton pointu dans l'épaule d'Alice

اور اس نے ایلس کے کندھے میں اپنی تیز چھوٹی ٹھوڑی کھود دی۔

« Et la morale de cela est la suivante »

"اور اس کا اخلاقی پہلو یہ ہے"

« Prendre soin du sens »

"حس کا خیال رکھو"

« Et puis les sons prendront soin d'eux-mêmes »

"اور پھر آوازیں خود کا خیال رکھیں گی"

Mais alors le bras de la duchesse se mit à trembler

لیکن پھر ڈچز کا بازو کانپنے لگا

Alice leva les yeux et la reine se tenait là

ایلس نے اوپر دیکھا اور وہاں ملکہ کھڑی تھی۔

La reine avait les bras croisés

ملکہ نے اپنے ہاتھ جوڑ رکھے تھے

Et elle fronçait les sourcils comme un orage !

اور وہ گرج چمک کی طرح جھوم رہی تھی!

« Je vous préviens », cria la reine

"میں تمہیں مناسب وارننگ دیتی ہوں۔ "ملکہ نے چیخ کر کہا.

et elle piétina le sol tout en parlant

اور بولتے ہوئے وہ زمین پر لیٹ گئی

« Soit ta tête, soit sa tête doit être coupée »

"یا تو آپ کا سر یا اس کا سر بند ہونا چاہئے"

« Faites votre choix ! »

"اپنا انتخاب کرو"!

« Et soyez rapide à ce sujet »

"اور اس کے بارے میں جلدی کرو"

La duchesse fait son choix

ڈچز نے اپنا انتخاب کیا

et au bout d'un instant la duchesse avait disparu

اور ایک لمحے کے اندر ہی ڈچز چلی گئی۔

Puis la reine s'adressa à Alice

پھر ملکہ نے ایلس سے بات کی

« Continuons le jeu »

"چلو کھیل کے ساتھ چلتے ہیں"

Alice était trop effrayée pour dire un mot

ایلس ایک لفظ بھی کہنے سے ڈر گئی تھی

et elle la suivit lentement jusqu'au terrain de croquet

اور وہ آہستہ آہستہ اپنی پیٹھ کا پیچھا کرتے ہوئے کروکیٹ زمین کی طرف چلی گئی۔

Pendant tout ce temps, la reine s'est querellée avec les autres joueurs

پورے وقت ملکہ دوسرے کھلاڑیوں کے ساتھ جھگڑتی رہی۔

« Coupez-lui la tête ! »

"اس کا سر کاٹ دو"!

« Coupez-lui la tête ! »

"اس کا سر کاٹ دو"!

« Coupez-leur la tête ! »

"ان کے تمام سر کاٹ دو"!

Bientôt, tous les joueurs ont été en garde à vue

جلد ہی تمام کھلاڑیوں کو حراست میں لے لیا گیا۔

il ne restait que le roi, la reine et Alice

صرف بادشاہ، ملکہ اور ایلس باقی رہ گئے

Puis la reine s'en alla, tout à fait essoufflée

پھر ملکہ چلی گئی، سانس نہیں لے پا رہی تھی

et elle s'en alla avec Alice

اور وہ ایلس کے ساتھ چلی گئی

Alice entendit le roi dire quelque chose

ایلس نے بادشاہ کو خاموشی سے کچھ کہتے سنا

« Vous êtes tous pardonnés »

"تم سب معاف کر دیے گئے ہو"

Mais soudain, un autre cri se fit entendre

لیکن اچانک ایک اور رونے کی آواز سنائی دی۔

« Le procès commence ! »

"مقدمہ شروع ہو رہا ہے"!

et Alice courut avec les autres

اور ایلس دوسروں کے ساتھ بھاگی

Qui a volé les tartes ?

ٹارٹس کس نے چوری کیے؟

Le roi et la reine de cœur étaient assis

دلوں کے بادشاہ اور ملکہ بیٹھے ہوئے تھے

ils étaient sur leur trône quand Alice arriva

جب ایلس پہنچی تو وہ اپنے تخت پر تھے

Il y avait une grande foule rassemblée autour d'eux

ان کے ارد گرد ایک بہت بڑا ہجوم جمع تھا۔

Il y avait toutes sortes de petits oiseaux et de bêtes

وہاں ہر قسم کے چھوٹے پرندے اور جانور تھے

Et il y avait tout le paquet de cartes

اور کارڈوں کا پورا پیکٹ تھا

Le coquin se tenait devant eux, enchaîné

کنوی ان کے سامنے زنجیروں میں جکڑا ہوا کھڑا تھا۔

et il y avait un soldat de chaque côté pour le garder

اور اس کی حفاظت کے لئے ہر طرف ایک سپاہی تھا۔

près du roi était le lapin blanc

بادشاہ کے قریب سفید خرگوش تھا

Il avait une trompette dans une main

اس کے ایک ہاتھ میں ٹرمپٹ تھا

et il avait un rouleau de parchemin dans l'autre main

اور اس کے دوسرے ہاتھ میں کاغذ کا ایک صندوق تھا۔

Au milieu de la cour se trouvait une table

عدالت کے بالکل وسط میں ایک میز تھی۔

Sur la table, il y avait un grand plat de tartes

میز پر ٹارٹس کی ایک بڑی ڈش تھی۔

« J'aimerais qu'ils fassent le procès », pensa Alice

"کاش وہ ٹرائل کروا لیتے"، "ایلس نے سوچا۔

« Alors nous pourrions manger quelques-uns de ces rafraîchissements ! »

"پھر ہم ان سے کچھ ریفریشمنٹ کھا سکتے ہیں"!

Le juge, soit dit en passant, était le roi

جج، ویسے، بادشاہ تھا

et il portait sa couronne sur sa grande perruque

اور اس نے اپنا تاج اپنی عظیم وگ پر پہنا

« C'est le banc des jurés, pensa Alice

"یہ جیوری باکس ہے، "ایلس نے سوچا۔

« Et ces douze créatures, je suppose qu'elles sont les jurés »

"اور وہ بارہ مخلوقات، میرا خیال ہے کہ وہ جج ہیں۔"

certains étaient des animaux, et d'autres étaient des oiseaux

ان میں سے کچھ جانور تھے اور کچھ پرندے تھے۔

Juste à ce moment-là, le lapin blanc a crié

تبھی سفید خرگوش چیخ اٹھا

« Silence dans la cour ! »

"عدالت میں خاموشی"!

« Héraut, lisez l'accusation ! » dit le roi

"ہیرالڈ، الزام پڑھو "!بادشاہ نے کہا۔

Le lapin blanc souffla trois coups de trompette

سفید خرگوش نے ٹرمپٹ پر تین دھماکے کیے

Puis il déroula le parchemin

پھر اس نے پارچمنٹ سکرول کو اتار دیا

Et il a lu ce qui suit :

اور اس نے اس طرح پڑھا:

« La reine de cœur, elle a fait des tartes, »

"دلوں کی ملکہ، اس نے کچھ ٹارٹ بنائے تھے۔"

« Tout cela, elle l'a fait un jour d'été »

"یہ سب اس نے گرمیوں کے دن کیا تھا۔

« Le valet de cœur, il a volé ces tartes »

"دلوں کا جال، اس نے ان تاروں کو چرا لیا"

« Et il a emporté ces tartes loin ! »

"اور وہ ان ٹارٹس کو بہت دور لے گیا"!

« Appelez le premier témoin », dit le roi

"پہلے گواہ کو بلاؤ۔ "بادشاہ نے کہا۔

et le lapin blanc souffla trois coups de trompette

اور سفید خرگوش نے ٹرمپٹ پر تین دھماکے کیے۔

« Amenez le premier témoin ! » cria-t-il

"پہلے گواہ کو لے آؤ "!اس نے پکارا۔

Le premier témoin était le chapelier

پہلا گواہ ٹوپی بنانے والا تھا

Il entra avec une tasse de thé dans une main

وہ ایک ہاتھ میں چائے کا کپ لے کر آیا

et il avait un morceau de pain et de beurre dans l'autre main

اور اس کے دوسرے ہاتھ میں روٹی اور مکھن کا ایک ٹکڑا تھا۔

« Tu aurais dû finir », dit le roi

"تمہیں اپنی بات ختم کرنی چاہیے تھی۔ "بادشاہ نے کہا۔

« Quand avez-vous commencé ? »

"تم نے کب شروع کیا؟"

Le chapelier regarda le lièvre de marche

ٹوپی بنانے والے نے مارچ خرگوش کو دیکھا

Le lièvre de marche l'avait suivi dans la cour

مارچ خرگوش اس کے پیچھے دربار میں داخل ہوا تھا۔

Il avait marché bras dessus bras dessous avec le loir

وہ ڈورماؤس کے ساتھ بازو میں چل رہا تھا

« Le quatorzième mars, je crois, dit-il

"چودھ مارچ، میرے خیال میں یہ تھا، "انہوں نے کہا۔

« Rendez votre témoignage », dit le roi

"اپنی گواہی دو۔ "بادشاہ نے کہا۔

« Et ne sois pas nerveux, ou je te ferai exécuter sur-le-champ »

"اور گھبرائیں نہیں، ورنہ میں آپ کو موقع پر ہی پھانسی دے دوں گا"

Cela n'a pas semblé encourager du tout le témoin

ایسا لگتا ہے کہ اس سے گواہ کی بالکل حوصلہ افزائی نہیں ہوئی۔

Il n'arrêtait pas de se déplacer d'un pied sur l'autre

وہ ایک پاؤں سے دوسرے پاؤں کی طرف منتقل ہوتا رہا۔

et il regarda la reine avec inquiétude

اور وہ بے چینی سے ملکہ کی طرف دیکھ رہا تھا

et, dans sa confusion, il mordit un gros morceau de sa tasse de thé

اور، اپنی الجھن میں، اس نے اپنے چائے کے کپ سے ایک بڑا ٹکڑا کاٹ لیا

En réalité, il voulait croquer dans son pain et son beurre

واقعی وہ اپنی روٹی اور مکھن سے کاٹنا چاہتا تھا

Juste à ce moment, Alice éprouva une sensation très curieuse

بس اسی لمحے ایلس کو ایک بہت ہی عجیب احساس محسوس ہوا۔

Elle commençait à grossir à nouveau

وہ ایک بار پھر بڑا ہونا شروع ہو گیا تھا

Le misérable chapelier laissa tomber sa tasse de thé

بدبخت ٹوپی بنانے والے نے اپنا چائے کا کپ گرا دیا

et le pain et le beurre tombèrent à terre

اور روٹی اور مکھن زمین پر گر گئے

et il mit un genou à terre

اور وہ ایک گھٹنے پر گر گیا

« Je suis un pauvre homme, Votre Majesté », a-t-il commencé

"میں ایک غریب آدمی ہوں، عزت مآب۔ "اس نے شروع کیا۔

« Vous êtes un bien mauvais orateur, » dit le roi

"تم بہت غریب مقرر ہو۔ "بادشاہ نے کہا۔

« Tu peux y aller, » dit le roi

"تم جا سکتے ہو۔ "بادشاہ نے کہا۔

et le chapelier quitta précipitamment la cour

اور ٹوپی بنانے والا جلدی سے عدالت سے چلا گیا۔

« Appelez le témoin suivant ! » dit le roi

"اگلے گواہ کو بلاؤ "!بادشاہ نے کہا۔

Le témoin suivant fut le cuisinier de la duchesse

اگلا گواہ ڈچز کا باورچی تھا۔

Elle portait la poivrière à la main

اس نے کالی مرچ کا ڈبہ اپنے ہاتھ میں اٹھا رکھا تھا

et les gens près de la porte se mirent à éternuer tout à coup

اور دروازے کے قریب موجود لوگ ایک ہی وقت میں چھینکنے لگے۔

« Rendez votre témoignage », dit le roi

"اپنی گواہی دو۔ "بادشاہ نے کہا۔

— Je ne donnerai aucun témoignage, dit le cuisinier

"میں کوئی ثبوت نہیں دوں گا، "باورچی نے کہا۔

Le roi regarda anxieusement le lapin blanc

بادشاہ نے بے چینی سے سفید خرگوش کی طرف دیکھا

Et le lapin blanc parlait d'une voix douce

اور سفید خرگوش خاموش آواز میں بولا

« Votre Majesté doit contre-interroger ce témoin »

"آپ کی عظمت کو اس گواہ سے جرح کرنی چاہئے "

« Eh bien, s'il le faut, il le faut, » dit le roi

"ٹھیک ہے، اگر مجھے ضرورت ہو تو، مجھے ضرور کرنا چاہئے، " بادشاہ نے کہا۔

« De quoi sont faites les tartes ? »

"ٹارٹس کس چیز سے بنے ہوتے ہیں؟"

« Les tartes sont faites de poivre, principalement », a déclaré le cuisinier

باورچی نے کہا،" ٹارٹ زیادہ تر کالی مرچ سے بنے ہوتے ہیں۔

Pendant quelques minutes, toute la cour fut dans la confusion

کچھ منٹ وں کے لئے پوری عدالت الجھن میں تھی۔

Finalement, ils se sont tous calmés

آخر کار وہ سب دوبارہ آباد ہو گئے

Mais à ce moment-là, le cuisinier avait disparu

لیکن تب تک باورچی غائب ہو چکا تھا۔

« N'importe ! » dit le roi

"کوئی بات نہیں "!بادشاہ نے کہا۔

« Appel à la barre du prochain témoin »

"اگلے گواہ کو اسٹینڈ پر بلاؤ"

Alice regarda le lapin blanc qui tâtonnait sur la liste

ایلس نے سفید خرگوش کو دیکھا جب وہ فہرست کے بارے میں پریشان

تھا

Vous pouvez imaginer sa surprise à ce qu'elle a entendu ensuite

آپ اس کی حیرت کا تصور کر سکتے ہیں کہ اس نے آگے کیا سنا

à tue-tête de sa petite voix aiguë, il appela le nom « Alice ! »

اپنی چھوٹی سی آواز کے سب سے اوپر، اس نے "ایلس" کا نام پکارا!

Le témoignage d'Alice

ایلس کا ثبوت

« Ici ! » s'écria Alice

"یہاں"!ایلس نے چیخ کر کہا۔

Elle se leva d'un bond en toute hâte

وہ بڑی جلدی میں چھلانگ لگا دی

et elle renversa le banc des jurés

اور اس نے جیوری باکس کے اوپر ٹیپ کیا۔

et elle renversa tous les jurés

اور اس نے تمام جیوری مینوں پر دستک دی۔

et ils tombèrent sur la tête de la foule en bas

اور وہ نیچے بھیڑ کے سروں پر گر پڑے۔

Alice était dans un grand désarroi

ایلس بڑی مایوسی میں تھی

« Oh ! je vous demande pardon ! » s'écria-t-elle

"اوہ، میں آپ سے معافی مانگتی ہوں"!اس نے کہا۔

« Le procès ne peut pas avoir lieu », dit le roi

بادشاہ نے کہا،" مقدمہ آگے نہیں بڑھ سکتا۔

« Les jurés doivent retourner à leur place »

"جیوری کے ارکان کو اپنی مناسب جگہوں پر واپس جانا چاہئے"

Il répéta l'ordre avec beaucoup d'emphase

انہوں نے بڑے زور سے حکم دہرایا۔

et il regarda Alice d'un air sévère

اور اس نے ایلس کو سختی سے دیکھا

« Que savez-vous de ces événements ? » demanda le roi à
Alice

"تم ان واقعات کے بارے میں کیا جانتے ہو؟ "بادشاہ نے ایلس سے
پوچھا۔

— Je ne sais rien à ce sujet, dit Alice

"میں اس موضوع پر کچھ نہیں جانتی، "ایلس نے کہا۔

Le roi lut ensuite un extrait de son livre

اس کے بعد بادشاہ نے اپنی کتاب سے پڑھا

« Règle quarante-deux »

"قاعدہ بیالیس"

« Toutes les personnes de plus d'un kilomètre de haut
doivent quitter le tribunal »

'ایک میل سے زیادہ بلندی پر موجود تمام افراد کو عدالت کو چھوڑنی
ہوگی'

« Je ne suis pas à un mille de haut, » dit Alice

"میں ایک میل بھی اونچی نہیں ہوں، "ایلس نے کہا۔

« Près de deux milles de haut », dit la reine

"تقریبا دو میل اونچا، "ملکہ نے کہا

— Eh bien, je refuse d'y aller, dit Alice

"ٹھیک ہے، میں جانے سے انکار کرتی ہوں، "ایلس نے کہا۔

Le roi pâlit

بادشاہ پیلا پڑ گیا

et il ferma précipitamment son carnet

اور اس نے جلدی سے اپنی نوٹ بک بند کر دی

« Considérez votre verdict », a-t-il dit au jury

انہوں نے جیوری سے کہا کہ اپنے فیصلے پر غور کریں۔

Il parlait d'une voix basse et tremblante

وہ دھیمی، کانپتی ہوئی آواز میں بولا

Puis le lapin blanc prit la parole

پھر سفید خرگوش بولا

« Il y a encore plus de preuves à venir »

"ابھی مزید ثبوت آنا باقی ہیں"

et il se leva d'un bond en toute hâte

اور وہ بڑی جلدی میں کود پڑا

« Ce papier vient d'être retiré »

"یہ کاغذ ابھی اٹھایا گیا ہے"

« On dirait que c'est une lettre écrite par le prisonnier »

"ایسا لگتا ہے کہ یہ قیدی کا لکھا ہوا خط ہے"

Il déplia le papier tout en parlant

اس نے بولتے ہوئے کاغذ کھول دیا

« Ce n'est pas une lettre, après tout »

"یہ ایک خط نہیں ہے، آخر کار"

« Ce que c'était, c'était un ensemble de versets »

"یہ آیات کا ایک مجموعہ تھا"

« S'il vous plaît, Votre Majesté », dit le coquin

"براہ مہربانی، عزت مآب۔ "کنوے نے کہا۔

« Je n'ai pas écrit ces vers »

"میں نے یہ آیات نہیں لکھی ہیں"

« et ils ne peuvent pas prouver que j'ai écrit quoi que ce
soit »

"اور وہ یہ ثابت نہیں کر سکتے کہ میں نے کچھ لکھا ہے"

« Il n'y a pas de nom signé à la fin »

"آخر میں کوئی نام دستخط نہیں کیا گیا ہے"

Le roi parla au fripon

بادشاہ نے کنوے سے بات کی

« Vous avez dû vouloir causer des méfaits »

"تم کچھ فساد پھیلانا چاہتے ہو گے"

« Sinon, tu aurais signé ton nom comme un honnête
homme »

"ورنہ آپ ایک ایماندار آدمی کی طرح اپنے نام پر دستخط کرتے"

Il y eut un claquement général de mains

ہاتھوں کی ایک عام تالیاں بج رہی تھیں

Et le roi se tourna vers le lapin blanc

اور بادشاہ سفید خرگوش کی طرف مڑ گیا

« Lisez les vers », ordonna-t-il

"آیات پڑھو"، اس نے حکم دیا۔

Il y eut un silence de mort dans la cour

عدالت میں مردہ خاموشی چھا گئی

et le lapin blanc lut les versets

اور سفید خرگوش نے آیات پڑھ کر سنائیں

Ils m'ont dit que vous étiez allé chez elle

انہوں نے مجھے بتایا کہ تم اس کے پاس گئے تھے

Et ils lui parlèrent de moi

اور انہوں نے اس سے میرا ذکر کیا

Elle m'a donné un bon caractère

اس نے مجھے ایک اچھا کردار دیا

Mais elle a dit que je ne savais pas nager

لیکن اس نے کہا کہ میں تیر نہیں سکتا

Il leur a fait savoir que je n'étais pas parti

اس نے انہیں پیغام بھیجا کہ میں نہیں گیا تھا

Nous savons que c'est vrai

ہم جانتے ہیں کہ یہ سچ ہے

Si elle poussait l'affaire, que deviendriez-vous ?

اگر وہ اس معاملے کو آگے بڑھائے تو آپ کا کیا بنے گا؟

Je lui en ai donné un, ils lui en ont donné deux

میں نے اسے ایک دیا، انہوں نے اسے دو دیئے

Vous nous en avez donné trois ou plus

آپ نے ہمیں تین یا اس سے زیادہ دیا

Ils sont tous revenus de sa part vers vous

وہ سب اس کی طرف سے تمہارے پاس لوٹ آئے

bien qu'ils aient été les miens avant

اگرچہ وہ پہلے میرے تھے

Si j'avais la chance d'être

اگر مجھے یا اس کو موقع ملنا چاہئے

Si j'étais impliqué dans cette affaire

اگر میں یا وہ اس معاملے میں ملوث تھے

Il compte en vous pour les libérer

وہ انہیں آزاد کرنے کے لئے آپ پر بھروسہ کرتا ہے

Exactement comme nous étions

بالکل ویسے ہی جیسے ہم تھے

Mon idée, c'est que vous aviez été

میرا خیال تھا کہ آپ تھے

Avant qu'elle n'ait cette crise

اس سے پہلے کہ وہ یہ فٹ تھا

Un obstacle qui s'est dressé entre

ایک رکاوٹ جو درمیان میں آئی

Lui, et nous-mêmes, et cela

وہ، اور ہم، اور یہ

Ne lui faites pas savoir qu'elle les aimait mieux

اسے یہ نہ بتائیں کہ وہ انہیں سب سے زیادہ پسند کرتا ہے

Car cela doit être à jamais un secret, caché à tous les autres

کیونکہ یہ ہمیشہ کے لئے ایک راز ہونا چاہئے ، باقی سب سے پوشیدہ رہنا چاہئے۔

Ce secret doit rester un secret entre vous et moi

یہ راز میرے اور آپ کے درمیان ایک راز رہنا چاہئے

Le roi était très impressionné

بادشاہ بہت متاثر ہوا

« C'est la preuve la plus importante que nous ayons entendue jusqu'à présent »

"یہ سب سے اہم ثبوت ہے جو ہم نے ابھی تک سنا ہے"

— Je ne crois pas que ces vers aient un atome de sens, objecta Alice

"مجھے یقین نہیں ہے کہ ان آیات میں ایک ایٹم بھی معنی رکھتا ہے ، " ایلس نے اعتراض کیا۔

le roi avait sa propre opinion sur la question

بادشاہ کی اس معاملے پر اپنی رائے تھی۔

« S'il n'y a pas de sens dans ces mots, cela sauve un monde de problèmes »

"اگر ان الفاظ میں کوئی معنی نہیں ہے ، تو یہ مصیبت کی دنیا کو بچاتا ہے"

« Alors nous n'avons pas besoin d'essayer de trouver le sens »

"پھر ہمیں معنی تلاش کرنے کی کوشش کرنے کی ضرورت نہیں ہے"

« Laissons le jury délibérer sur son verdict »

"جیوری کو ان کے فیصلے پر غور کرنے دیں"

« Non, non ! » dit la reine

"نہیں، نہیں "!ملکہ نے کہا۔

« La condamnation d'abord, le verdict ensuite »

"پہلے سزا -بعد میں فیصلہ"

« Des bêtises et des bêtises ! » dit Alice à haute voix

"فضول باتیں اور فضول باتیں "!ایلس نے اونچی آواز میں کہا۔

« Comme il est stupide de condamner l'accusé en premier ! »

"مدعا علیہ کو پہلے سزا دینا کتنا احمقانہ ہے"!

« Tais-toi ! » dit la reine en devenant violette

"اپنی زبان پکڑو "!ملکہ نے جامنی رنگ اختیار کرتے ہوئے کہا۔

« Je ne me tairai pas ! » dit Alice

"میں اپنی زبان نہیں پکڑوں گی"!ایلس نے کہا۔

cria la reine à tue-tête

ملکہ اپنی آواز کے اوپر سے چیخی

« Coupez-lui la tête ! »

!"اس کا سر کاٹ دو"

Personne n'a fait un mouvement

کسی نے تحریک نہیں چلائی

« Qui se soucie de ce que vous dites ? » dit Alice

"کون پرواہ کرتا ہے تم کیا کہتے ہو؟ "ایلس نے کہا۔

Elle avait atteint sa taille maximale à ce moment-là

اس وقت تک وہ اپنے پورے سائز تک بڑھ چکی تھی

« Tu n'es rien d'autre qu'un jeu de cartes ! »

!"تم تاش کے ایک پیکٹ کے سوا کچھ نہیں ہو"

À ces mots, toutes les cartes se levèrent dans les airs

اس پر سارے کارڈ ہوا میں بلند ہو گئے۔

et toutes les cartes s'abattaient sur elle

اور سارے پتے اس پر اتر آئے۔

Elle poussa un petit cri

اس نے تھوڑی سی چیخ دی

Elle était à moitié effrayée, mais aussi en colère

وہ آدھا خوفزدہ تھا، لیکن غصہ بھی تھا

Et elle a essayé de se battre contre les cartes

اور اس نے اپنے پتوں سے لڑنے کی کوشش کی

puis elle se retrouva allongée sur le talus d'herbe

اور پھر اس نے خود کو گھاس کے کنارے لیٹا ہوا پایا

Sa tête était sur les genoux de sa sœur

اس کا سر اس کی بہن کی گود میں تھا

Des feuilles mortes s'étaient posées sur son visage

کچھ مردہ پتے اس کے چہرے پر اترے تھے

et sa sœur balayait doucement les feuilles

اور اس کی بہن آہستہ آہستہ پتوں کو صاف کر رہی تھی

« Réveille-toi, ma chère Alice ! » dit sa sœur

"جاگ جاؤ، ایلس ڈیئر !"اس کی بہن نے کہا۔

« Quel long sommeil tu as eu ! »

"کتنی لمبی نیند آئی ہے تم نے"!

« Oh, j'ai fait un rêve si curieux ! » dit Alice

"اوہ، میں نے ایک عجیب خواب دیکھا ہے !"ایلس نے کہا۔

Et elle raconta à sa sœur tout ce qu'elle pouvait se rappeler

اور اس نے اپنی بہن کو وہ سب کچھ بتا دیا جو اسے یاد تھا

toutes les étranges aventures que vous venez de lire

وہ تمام عجیب و غریب مہم جوئی جن کے بارے میں آپ ابھی پڑھ رہے ہیں

Alice se leva et s'enfuit en courant

ایلس اٹھی اور بھاگ گئی

et elle pensait, tout en courant, à son rêve

اور بھاگتے ہوئے اس نے اپنے خواب کے بارے میں سوچا

« Quel rêve merveilleux cela avait été ! »

"یہ کتنا شاندار خواب تھا"!